KB201834

운수 좋은 날 빈처

클래식 보물창고 42
운수 좋은 날 빈처

펴낸날 초판 1쇄 2012년 4월 25일 | 초판 2쇄 2018년 6월 25일
지은이 현진건 | **펴낸이** 신형건 | **펴낸곳** (주)푸른책들
등록 제321-2008-00155호
주소 서울특별시 서초구 양재천로7길 16 푸르니빌딩 (우)06754
전화 02-581-0334~5 | **팩스** 02-582-0648
이메일 prooni@prooni.com | **홈페이지** www.prooni.com
카페 cafe.naver.com/prbm | **블로그** blog.naver.com/proonibook

ISBN 978-89-6170-277-5 04810
＊잘못된 책은 구입한 곳에서 바꾸어 드립니다.

이 도서의 국립중앙도서관 출판시도서목록(CIP)은 e-CIP홈페이지(http://www.nl.go.kr/ecip)와
국가자료공동목록시스템(http://www.nl.go.kr/kolisnet)에서 이용하실 수 있습니다.
(CIP제어번호:CIP2012001144)

표지그림 | 김재홍

보물창고는 (주)푸른책들의 유아·어린이·청소년·문학 도서 전문 임프린트입니다.

운수 좋은 날
빈처

현 진 건 지음

보물창고

차례

● 일러두기

1. 이 책은 현진건의 작품 중에서 청소년부터 성인 독자까지 두루 공감할 만한 대표적인 단편 10편을 가려 뽑아 실었다.

2. 가능한 한 원문을 살렸으나 이미 사라진 말은 글이 손상되지 않는 범위에서 현대 독자들이 읽기 쉽게 오늘날의 한글맞춤법에 맞게 바로잡았다.

3. 대화는 읽기 쉽게 별행으로 처리하였고, 대화에 나오는 속어 · 방언 · 구어체는 그대로 살렸다.

4. 근거를 찾을 수 없는 지문의 표기는 삭제했고, 현진건 문학의 특수성에 의거하여 이음 및 문장부호(—)는 살렸다.

5. 설명이 필요한 어휘는 각 작품마다 주석을 달아 표시하고 권말에 그 뜻을 밝혔다.

빈처

1

"그것이 어째 없을까?"

아내가 장문을 열고 무엇을 찾더니 입안말로 중얼거린다.

"무엇이 없어?"

나는 우두커니 책상머리에 앉아서 책장만 뒤적뒤적하다가 물어
보았다.

"모본단¹ 저구리가 하나 남았는데……."

"……."

나는 그만 묵묵하였다. 아내가 그것을 찾아 무엇 하려는 것을
앎이라. 오늘 밤에 옆집 할멈을 시켜 잡히려 하는 것이다.

이 이 년 동안에 돈 한 푼 나는 데는 없고 그래도 주리면 시장
할 줄 알아 기구²와 의복을 전당국 창고에 들여밀거나 고물상 한
구석에 세워 두고 돈을 얻어 오는 수밖에 없었다. 지금 아내가 하

나 남은 모본단 저고리를 찾는 것도 아침거리를 장만하려 함이라. 나는 입맛을 쩝쩝 다시고 폈던 책을 덮어 놓고 후— 한숨을 내쉬었다.

봄은 벌써 반이나 지내었건마는 이슬을 실은 듯한 밤기운이 방구석으로부터 슬금슬금 기어 나와 사람에게 안기고, 비가 오는 까닭인지 밤은 아직 깊지 않건만 인적조차 끊어지고 온 천지가 빈 듯이 고요한데 투닥투닥 떨어지는 빗소리가 한없는 구슬픈 생각을 자아낸다.

"빌어먹을 것, 되는 대로 되어라."

나는 점점 견딜 수 없어 두 손으로 흩어진 머리카락을 쓰다듬어 올리며 중얼거려 보았다. 이 말이 더욱 처량한 생각을 일으킨다. 나는 또 한 번 '후—' 한숨을 내쉬며 왼팔을 베고 책상에 쓰러지며 눈을 감았다.

이 순간에 오늘 지낸 일이 불현듯 생각이 난다.

늦게야 점심을 마치고 내가 막 권연[3] 한 개를 피워 물 적에 한성은행 다니는 T가 공일이라고 놀러 왔었다. 친척은 다 멀지 않게 살아도 가난한 꼴을 보이기도 싫고 찾아갈 적마다 무엇을 꾸어 내라고 조르지도 아니하였건만 행여나 무슨 구차한 소리를 할까 봐서 미리 방패막이를 하고 눈살을 찌푸리는 듯하여 나도 발을 끊고 따라서 찾아오는 이도 없었다. 다만 이 T는 촌수가 가까운 까닭인지 자주 우리를 방문하였다.

그는 성실하고 공순하여 설설한[4] 소사에 슬퍼하고 기뻐하는 인물이었다. 동년배인 우리 둘은 늘 친척 간에 비교 거리가 되었었다. 그리고 나의 평판이 항상 좋지 못하였다.

"T는 돈을 알고 위인이 진실해서 그 애는 돈푼이나 모을 것이야! 그러나 K(내 이름)는 아모짝에도 못쓸 놈이야. 그 잘난 언문 섞어서 무어라고 끄적거려 놓고 제 주제에 무슨 조선에 유명한 문학가가 된다니! 시러베아들놈⁵!"

이것이 그네들의 평판이었다. 내가 문학인지 무엇인지 하는 소리가 까닭 없이 그네들의 비위에 틀린 것이다. 더군다나 나는 그네들의 생일이나 혹은 대사 때에 돈 한 푼 이렇다는 일이 없고, T는 소위 착실히 돈벌이를 하여 가지고 국수 밥소라⁶나 보조를 하는 까닭이다.

"얼마 아니 되어 T는 잘살 것이고, K는 거지가 될 것이니 두고 보아!"

오촌 당숙은 이런 말씀까지 하였다 한다. 입 밖에는 아니 내어도 친부모 친형제까지라도 심중으로는 다 이렇게 생각할 것이다. 그래도 부모는 달라서 화가 나시면

"네가 그리 하다가는 말경에 비렁뱅이가 되고 말 것이야."

라고 꾸중을 하셔도

"사람이란 늦복 모르느니라."

"그런 사람은 또 그렇게 되느니라."

하시는 것이 스스로 위로하는 말씀이고, 또 며느리를 위로하는 말씀이었다. 이것을 보아도 하는 수 없는 놈이라고 단념을 하시면서 그래도 잘되기를 바라시고 축원하시는 것을 알겠더라.

여하간 이만하면 T의 사람됨을 가히 알 수가 있다. 그러고 그가 우리 집에 올 것 같으면 지어서 쾌활하게 웃으며 힘써 재미스러운 이야기를 하였다. 단둘이 고적하게 그날그날을 보내는 우리에게는

더할 수 없이 반가웠다.

오늘도 그가 활발하게 집에 쑥 들어오더니 신문지에 싼 기름한 것을 '이것 봐라' 하는 듯이 마루 위에 올려놓고 분주히 구두끈을 끄른다.

"이것은 무엇인가?"

나는 물어보았다.

"저— 제 처의 양산이야요. 쓰던 것이 벌써 다 낡았고 또 살이 부러졌다나요."

그는 구두를 벗고 마루에 올라서며 나오는 웃음을 참지 못하여 벙글벙글하면서 대답을 한다. 그는 나의 아내를 보며 돌연히

"아지머니, 좀 구경하시렵니까?"

하더니 싼 종이와 집을 벗기고 양산을 펴 보인다. 흰 비단 바탕에 두어 가지 매화를 수놓은 양산이었다.

"검정이는 좋은 것이 많아도 너무 칙칙해 보이고…… 회색이나 누렁이는 하나도 그것이야 싶은 것이 없어서 이것을 산 걸요."

그는 '이것보다 더 좋은 것을 살 수가 있나!' 하는 뜻을 보이려고 애를 쓰며 이런 발명[7]까지 한다.

"이것도 퍽 좋은데요."

이런 칭찬을 하면서 양산을 펴 들고 이리저리 홀린 듯이 들여다보고 있는 아내의 눈에는 '나도 이런 것을 하나 가졌으면' 하는 생각이 역력히 보인다.

나는 갑자기 불쾌한 생각이 와락 일어나서 방으로 들어오며 아내의 양산 보는 양을 빙그레 웃고 바라보고 있는 T에게

"여보게, 방에 들어오게그려, 우리 이야기나 하세."

T는 따라 들어와 물가 폭등에 대한 이야기며, 자기의 월급이 오른 이야기며, 주권을 몇 주 사 두었더니 꽤 이익이 남았다든가, 이번 각 은행 사무원 경기회에서 자기가 우월한 성적을 얻었다든가, 이런 것 저런 것 한참 이야기하다가 돌아갔었다.

T를 보내고 책상을 향하여 짓던 소설의 결미를 생각하고 있을 즈음에

"여보!"

아내의 떠는 목소리가 바로 내 귀 곁에서 들린다. 핏기 없는 얼굴에 살짝 붉은빛이 돌며 어느 결에 내 곁에 바싹 다가앉았더라.

"당신도 살 도리를 좀 하셔요."

"……."

나는 또 '시작하는구나' 하는 생각이 번개같이 머리에 번쩍이며 불쾌한 생각이 벌컥 일어난다. 그러나 무어라고 대답할 말이 없어 묵묵히 있었다.

"우리도 남과 같이 살아 보아야지요?"

아내가 T의 양산에 단단히 자극을 받은 것이다. 예술가의 처 노릇을 하려는 독특한 결심이 있는 그는 좀처럼 이런 소리를 입 밖에 내지 아니하였다. 그러나 무엇에 상당한 자극만 받으면 참고 참았던 이런 소리를 하게 되는 것이다. 나도 이런 소리를 들을 적마다 '그럴 만도 하다'는 동정심이 없지 아니하나 심사가 어쩐지 좋지 못하였다.

이번에도 '그럴 만도 하다'는 동정심이 없지 아니하되 또한 불쾌한 생각을 억제키 어려웠다. 잠깐 있다가 불쾌한 빛을 드러내며

"급작스럽게 살 도리를 하라면 어찌할 수가 있소? 차차 될 때가

있겠지!"

"아이구, 차차란 말씀 그만두구려, 어느 천년에……."

아내의 얼굴에 붉은빛이 짙어 가며 전에 없던 흥분한 어조로 이런 말까지 하였다. 자세히 보니 두 눈에 은은히 눈물이 고이었더라.

나는 잠시 멍멍하게 있었다. 성낸 불길이 치받쳐 올라온다. 나는 참을 수 없었다.

"막벌이꾼한테나 시집을 갈 것이지 누가 내게 시집을 오랬어! 저 따위가 예술가의 처가 다 뭐야!"

사나운 어조로 몰풍스럽게[8] 소리를 꽥 질렀다.

"에그!"

살짝 얼굴빛이 변해지며 어이없이 나를 보더니 고개가 점점 수그러지며 한 방울 두 방울, 방울방울 눈물이 장판 위에 떨어진다.

나는 이런 일을 가슴에 그리며 그래도 내일 아침거리를 장만하려고 옷을 찾는 아내의 심중을 생각해 보니 말할 수 없는 슬픈 생각이 가을바람과 같이 설렁설렁 심골[9]을 분지르는 것 같다.

쓸쓸한 빗소리는 굵었다 가늘었다 의연히 적적한 밤공기에 더욱 처량히 들리고 그림 앉은 등피[10] 속에서 비추는 불빛은 구름에 가린 달빛처럼 우는 듯 조는 듯 구차히 얻어 산 몇 권 양책의 표제 금자[11]가 번쩍거린다.

2

장 앞에 초연히 서 있던 아내가 무엇이 생각났는지 고개를 끄덕끄덕하며 들릴 듯 말 듯 목 안의 소리로

"오호…… 옳지, 참 그날……."

"찾았소?"

"아니야요, 벌써…… 저 인천 사시는 형님이 오셨던 날……."

"……."

아내가 애써 찾던 그것도 벌써 전당포의 고운 먼지가 앉았구나! 종지 하나라도 차근차근 아랑곳하는 아내가 그것을 잡혔는지 아니 잡혔는지 모르는 것을 보면 빈곤이 얼마나 그의 정신을 물어뜯었는지 가히 알겠다.

"……."

"……."

한참 동안 서로 아무 말이 없었다. 가슴이 어째 답답해지며 누구하고 싸움이나 좀 해 보았으면, 소리껏 고함이나 질러 보았으면, 실컷 울어 보았으면 하는 일종 이상한 감정이 부글부글 피어오르며 전신에 이가 스멀스멀 기어 다니듯, 옷이 어째 몸에 끼이고 견딜 수가 없다. 나는 이런 감정을 노골적으로 드러내며

"점점 구차한 살림에 싫증이 나서 못 견디겠지?"

아내는 무엇을 생각하는지 모르게 정신을 잃고 섰다가 그 게슴츠레한 눈이 둥그레지며

"네에? 어째서요?"

"무얼 그렇지!"

"싫은 생각은 조금도 없어요."

이렇게 말이 오락가락함을 따라 나는 흥분의 도가 점점 짙어간다.

그래서 아내가 떨리는 소리로

"어째 그런 줄 아세요?"

하고 반문할 적에

"나를 숙맥으로 알우!"

라고 격렬하게 소리를 높였다.

아내는 살짝 분한 빛이 눈에 비치며 물끄러미 나를 들여다본다. 나는 괘씸하다 하는 듯이 흘겨보며

"그러면 그것 모를까! 오늘날까지 잘 참아 오더니 인제는 점점 기색이 달라지는걸, 뭐! 물론 그럴 만도 하지마는!"

이런 말을 하는 내 가슴에는 지난 일이 활동사진 모양으로 어른어른 나타난다.

육 년 전에(그때 나는 십육 세이고 저는 십팔 세였다.) 우리가 결혼한 지 얼마 아니 되어 지식에 목마른 나는 지식의 바닷물을 얻어 마시려고 표연히 집을 떠났었다. 광풍에 나부끼는 버들잎 모양으로 오늘은 지나[12], 내일은 일본으로 굴러다니다가 금전의 탓으로 지식의 바닷물도 흠씬 마셔 보지도 못하고 반거들충이가 되어 집에 돌아오고 말았다. 내게 시집올 때에는 방글방글 피려는 꽃봉오리 같던 아내가 어느 결에 이울어 가는 꽃처럼 두 뺨에 선연한 빛이 스러지고 이마에는 벌써 두어 금 가는 줄이 그리어졌다.

처가 덕으로 집간도 장만하고 세간도 얻어 우리는 소위 살림을 하게 되었다. 처음에는 그럭저럭 지내었지마는 한 푼 나는 데 없는 살림이라 한 달 가고 두 달 갈수록 점점 곤란해질 따름이었다. 나는 보수 없는 독서와 가치 없는 창작으로 해가 지고 날이 새며, 쌀이 있는지 나무가 있는지 망연케 몰랐었다. 그래도 때때로 맛난 반찬이 상에 오르고 입은 옷이 과히 추하지 아니함은 전혀 아내의

힘이었다. 전들 무슨 별이가 있으리오, 부끄럼을 무릅쓰고 친가에 가서 눈치를 보아 가며 구차한 소리를 하여 가지고 얻어 온 것이었다. 그것도 한 번 두 번 말이지 장구한 세월에 어찌 늘 그럴 수가 있으랴! 말경에는 아내가 가져온 세간과 의복에 손을 내는 수밖에 없었다. 잡히고 파는 것도 나는 알은체도 아니하였다. 그가 애를 쓰며 통명스러운 옆집 할멈에게 돈푼을 주고 시켰었다.

이런 고생을 하면서도 그는 나의 성공만 마음속으로 깊이깊이 믿고 빌었었다. 어느 때에는 내가 무엇을 짓다가 마음에 맞지 아니하여 쓰던 것을 집어던지고 화를 낼 적에

"왜 마음을 조급하게 잡수셔요! 저는 꼭 당신의 이름이 세상에 빛날 날이 있을 줄 믿어요. 우리가 이렇게 고생을 하는 것이 장래에 잘될 근본이야요."

하고 그는 스스로 흥분되어 눈물을 흘리며 나를 위로한 적도 있었다.

내가 외국으로 돌아다닐 때에 소위 신풍조에 띄어 까닭 없이 구식 여자가 싫었었다. 그래서 나의 일찍이 장가든 것을 매우 후회하였다. 어떤 남학생과 어떤 여학생이 서로 연애를 주고받고 한다는 이야기를 들을 적마다 공연히 가슴이 뛰놀며 부럽기도 하고 비감스럽기도 하였었다.

그러나 낫살이 들어갈수록 그런 생각도 없어지고 집에 돌아와 아내를 겪어 보니 의외에 그에게 따뜻한 맛과 순결한 맛을 발견하였다. 그의 사랑이야말로 이기적 사랑이 아니고 헌신적 사랑이었다. 이런 줄을 점점 깨닫게 될 때에 내 마음이 얼마나 행복스러웠으랴! 밤이 깊도록 다듬이를 하다가 그만 옷 입은 채로 쓰러져 곤

하게 자는 그의 파리한 얼굴을 들여다보며

"아아, 나에게 위안을 주고 원조를 주는 천사여!"

하고 감격이 극하여 눈물을 흘린 일도 있었다.

내가 알다시피 내가 별로 천품[13]은 없으나 어쨌든 무슨 저작가로 몸을 세워 보았으면 하여 나날이 창작과 독서에 전심력을 바치었다. 물론 아직 남에게 인정될 가치는 없는 것이다. 그 영향으로 자연 일상생활이 말유하게[14] 되었다.

이런 곤란에 그는 근 이 년 견디어 왔건마는 나의 하는 일은 오히려 아무 보람이 없고 방 안에 놓였던 세간이 줄어 가고 장롱에 찼던 옷이 거의 다 없어졌을 뿐이다.

그 결과 그다지 견딜성 있던 저도 요사이 와서는 때때로 쓸데없는 탄식을 하게 되었다. 손잡이를 잡고 마루 끝에 우두커니 서서 하염없이 먼 산만 바라보기도 하며, 바느질을 하다가 말고 실심한[15] 사람 모양으로 멍멍히 앉았기도 하였다. 창경[16]으로 비추는 으스름한 햇빛에 나는 흔히 그의 눈물 머금은 근심 있는 눈을 발견하였다. 이럴 때에는 말할 수 없는 쓸쓸한 생각이 들며 일없이

"마누라!"

하고 부르면, 그는 몸을 흠칫하고 고개를 저리로 돌리어 치맛자락으로 눈물을 씻으며

"네에!"

하고 울음에 떨리는 가는 대답을 한다. 나는 등에 찬물을 끼얹은 듯 몸이 으쓱해지며 처량한 생각이 싸늘하게 가슴에 흘렀었다.

그렇지 않아도 자비하기[17] 쉬운 마음이 더욱 심해지며

'내가 무자격한 탓이다.'

하고 스스로 멸시를 하고 나니 더욱 견딜 수 없다.

'그럴 만도 하다.'

는 동정심이 없지 아니하되, 그래도 그만 불쾌한 생각이 일어나며

'계집이란 할 수 없어.'

혼자 이런 불평을 중얼거리었다—

환등 모양으로 하나씩 둘씩 이런 일이 가슴에 나타나니 무어라고 말할 용기조차 없어졌다. 나의 유일의 신앙자이고 위로자이던 저까지 인제는 나를 아니 믿게 되고 말았다. 그는 마음속으로

'네가 6년 동안 내 살을 깎고 저미었구나! 이 원수야!'

할 것이다. 이렇게 생각하매 그의 불덩던 사랑까지 엷어져 가는 것 같았다. 아니 흔적도 없이 사라지고 만 것 같았다. 나는 감상적으로 허둥허둥하며

"낸들 마누라를 고생시키고 싶어 시켰겠소! 비단옷도 해 주고 싶고, 좋은 양산도 사 주고 싶어요. 그렇기에 왼종일 쉬지 않고 공부를 아니 하오? 남 보기에는 편편히 노는 것 같아도 실상은 그렇지 않아! 본들 모른단 말이오?"

나는 점점 강한 가면을 벗고 약한 진상을 드러내며 이와 같은 가소로운 변명까지 하였다.

"왼 세상 사람이 다 나를 비소하고 모욕하여도 상관이 없지마는 마누라까지 나를 아니 믿어 주면 어찌한단 말이오?"

내 말에 스스로 자극이 되어 마침내

"아아!"

길이 탄식을 하고 그만 쓰러졌다. 이 순간에 고개를 숙이고 아마 하염없이 입술만 물어뜯고 있던 아내가 홀연

"여보!"

울음소리를 떨면서 무너지는 듯이 내 얼굴에 쓰러진다.

"용서……."

하고는 북받쳐 나오는 울음에 말이 막히고 불덩이 같은 두 뺨이 내 얼굴을 누르며 흑흑 느끼어 운다. 그의 두 눈으로부터 샘솟듯 하는 눈물이 제 뺨과 내 뺨 사이를 따뜻하게 젖어 퍼진다.

내 눈에서도 눈물이 흘러내린다. 뒤숭숭하던 생각이 다 이 뜨거운 눈물에 봄눈 슬듯 스러지고 말았다.

한참 있다가 우리는 눈물을 씻었다. 내 속이 얼마큼 시원한 듯하였다.

"용서하여 주세요! 그렇게 생각하실 줄은 참 몰랐어요."

이런 말을 하는 아내는 눈물에 불어오른 눈꺼풀을 아픈 듯이 끔적거린다.

"암만 구차하기로니 싫증이야 날까요? 나도 한번 먹은 마음이 있는데……."

가만가만히 변명을 하는 아내의 눈물 흔적이 어룽어룽한 얼굴을 물끄러미 바라보며 겨우 심신이 가든하였다.

3

어제 일로 심신이 피곤하였던지 그 이튿날 늦게야 잠을 깨니 간밤에 오던 비는 어느 결에 그치었고 명랑한 햇발이 미닫이에 높았더라. 아내가 다시금 장문을 열고 잡힐 것을 찾을 즈음에 누가 중문을 열고 들어온다. 우리는 누군가 하고 귀를 기울일 적에 밖에서

"아씨!"

하는 소리가 들리었다.

아내는 급히 방문을 열고 나갔다. 그는 처가에서 부리는 할멈이었다. 오늘이 장인 생신이라고 어서 오라는 말을 전한다.

"오늘이야, 참 옳지, 오늘이 이월 열엿샛날이지! 나는 깜빡 잊었어!"

"원, 아씨는 딴도 하십니다. 어쩌면 아버님 생신을 잊으신단 말씀이오? 아무리 살림이 재미가 나시더래도……."

시큰둥한 할멈은 선웃음을 쳐 가며 이런 소리를 한다. 간난한 살림에 골몰하느라고 자기 친부의 생신까지 잊었는가 하매 아내의 정지[18]가 더욱 측연하였다.

아내는 할멈을 수작해 보내고 방으로 들어오며

"오늘이 본가 아버님 생신이라요, 어서 오라시는데……."

"어서 가구려……."

"당신도 가셔야지요, 우리 같이 가셔요."

아내는 하염없이 얼굴을 붉힌다.

나는 처가에 가기가 매우 싫었었다. 그러나 아니 가는 것도 내도리가 아닐 듯하여 하는 수 없이 두루마기를 입었다.

아내는 머뭇머뭇하며 양미간을 보일 듯 말 듯 찡그리다가 곁눈으로 살짝 나를 보더니 돌아서 급히 장문을 연다.

'흥, 입을 옷이 없어 망설거리는구나.'

나도 슬쩍 돌아서며 생각하였다.

우리는 서로 등지고 섰건마는 그래도 아내가 거의 다 빈 장 안을 들여다보며 입을 만한 옷이 없어 눈살을 찌푸린 양이 눈앞에 선연하며 어찌할 수가 없었다.

"자아 가셔요."

무엇을 생각는지 모르게 정신을 잃고 섰다가 아내의 부르는 소리를 듣고 나는 기계적으로 고개를 돌리었다. 아내는 당목 옷을 갈아입고 내 마음을 알았던지 나를 위로하는 듯이 방그레 웃었다. 나는 더욱 쓸쓸하였다.

우리 집은 천변 배다리 곁에 있고, 처가는 안국동에 있어 그 거리가 꽤 멀었다. 나는 천천히 가느라고 가고 아내는 속히 오느라고 오건마는 그는 늘 뒤떨어졌었다. 내가 한참 가다가 뒤를 돌아보면 그는 꽤 멀리 떨어져 나를 따라오려고 애를 쓰며 주춤주춤 걸어온다. 길가에 다니는 어느 여자를 보아도 거의 다 비단옷을 입고 고운 신을 신었는데 아내는 당목 옷을 허술하게 차리고 청목당혜[19]로 타박타박 걸어오는 양이 나에게 얼마나 애연한[20] 생각을 일으켰는지!

한참 만에 나는 넓고 높은 처가 대문에 다다랐다. 내가 안으로 들어갈 적에 낯선 사람들이 나를 흘끔흘끔 본다. 그들의 눈에 '이 사람이 누구인가? 아마 이 집 차인[21]인가 보다' 하는 경멸히 여기는 빛이 있는 것 같았다. 안 대청 가까이 들어오니 모두 내게 분분히 인사를 한다. 그 인사하는 소리가 내 귀에는 어째 비소하는 것 같기도 하고 모욕하는 것 같기도 하여 공연히 가슴이 두근거리고 얼굴이 후끈거리었다.

그중에 제일 내게 친숙하게 인사하는 사람이 있다. 그는 아내보다 삼 년 맏이인 처형이었다. 내가 어려서 장가를 들었었으므로 그때 그는 나를 못 견디게 시달렸다. 그때는 그가 싫기도 하고 밉기도 하더니 지금 와서는 그때 그리한 것이 도리어 우리를 무관하고 정답게 만들었다. 그는 인천 사는데 자기 남편이 기미[22]를 하여 가지고 이번에 돈 십만 원이나 착실히 땄다 한다. 그는 자기의 잘 사는 것을 자랑하고자 함인지 비단을 내리감고 치감고 얼굴에 부유한 태가 질질 흐른다. 그러나 분으로 숨기려고 애쓴 보람도 없이 눈 위에 퍼렇게 멍든 것이 내 눈에 띄었다.

"왜 마누라는 어쩌고 혼자 오셔요?"

그는 웃으며 이런 말을 하다가 중문 편을 바라보더니

"그러면 그렇지! 동부인 아니 하고 오실라구!"

혼자 주고받고 한다. 나도 이 말을 듣고 슬쩍 돌아다보니 아내가 벌써 중문 안에 들어섰더라. 그 수척한 얼굴이 더욱 수척해 보이며 눈물 고인 듯한 눈이 하염없이 웃는다. 나는 유심히 그와 아내를 번갈아 보았다. 처음 보는 사람은 분간을 못 하리만큼 그들의 얼굴은 혹사하다.[23] 그런데 얼굴빛은 어쩌면 저렇게 틀리는지? 하나는 이글이글 만발한 꽃 같고 하나는 시들시들 마른 낙엽 같다. 아내를 형이라 하고 처형을 아우라 하였으면 아무라도 속을 것이다. 또 한 번 아내를 보며 말할 수 없는 쓸쓸한 생각이 다시금 가슴을 누른다. 딴 음식은 별로 먹지도 아니하고 못 먹는 술을 넉 잔이나 마시었다. 그래도 바늘방석에 앉은 것처럼 앉아 견딜 수가 없다. 집에 가려고 나는 몸을 일으켰다. 골치가 띵하며 내가 선 방바닥이 마치 폭풍에 흉흉하는[24] 파도같이 높았다 낮았다 어질어질해서 곧 쓰러질 것 같다. 이 거동을 보고 장모가 황망히 일어서며

"술이 저렇게 취해가지고 어데로 갈라구? 여기서 한잠 자고 가게."

나는 손을 내저으며

"안 돼요, 안 돼요, 집에 가겠어요."

취한 소리로 중얼거리었다.

"저를 어쩌나!"

장모는 걱정을 하시더니

"할멈! 어서 인력거 한 채 불러오게."

한다.

취중에도 인력거를 태워 주지 말고 그 인력거 찻삯을 나를 주었으면 책 한 권을 사 보련만 하는 생각이 있었다. 인력거를 타고 얼마 아니 가서 그만 잠이 들고 말았다.

한참 자다가 잠을 깨어 보니 방 안에 벌써 램프 불이 키었는데, 아내는 어느 결에 왔는지 외로이 앉아 바느질을 하고 화로에서는 무엇이 끓는 소리가 보글보글하였다. 아내가 나의 잠 깬 것을 보더니 급히 화로에 얹은 것을 만져 보며

"인제 고만 일어나 진지를 잡수셔요."

하고 부리나케 일어나 구들목에 파묻어 둔 밥그릇을 꺼내어 미리 차려 둔 상에 얹어서 내 앞에 갖다 놓고 일변 화로를 당기어 더운 반찬을 집어 얹으며

"자! 어서 일어나셔요."

나는 마지못하여 하는 듯이 부시시 일어났다. 머리가 오히려 아프며 목이 몹시 말라서 국과 물을 연해 들이켰다.

"물만 잡수셔 어째요? 진지를 좀 잡수셔야지."

아내는 이런 근심을 하며 밥상머리에 앉아서 고기를 뜯어 주고 생선 뼈도 추려 주었다. 이것은 다 오늘 처가에서 가져온 것이다.

나는 맛나게 밥 한 그릇을 다 먹었다. 내 밥상이 나매 아내가 밥을 먹기 시작한다. 그러면 지금껏 내 잠 깨기를 기다리고 밥을 먹지 아니하였구나 하고 오늘 처가에서 본 일을 생각하였다. 어제 일이 있은 후로 우리 사이에 무슨 벽이 생긴 듯하던 것이 그 벽이 점점 엷어져 가는 듯하며 가엾고 사랑스러운 생각이 일어났었다. 그래서 우리는 정답게 이런 이야기 저런 이야기 하게 되었다. 우리의 이야기는 오늘 장인 생신 잔치로부터 처형 눈 위에 멍든 것에 옮겨 갔다.

처형의 남편이 이번 그 돈을 딴 뒤로는 주야 요리점과 기생집에 돌아다니더니 일전에 어떤 기생을 얻어 가지고 미쳐 날뛰며 집에만 들면 집안사람을 들볶고 걸핏하면 처형을 친다 한다. 이번에도 별로 대단치 않은 일에 처형에게 밥상을 냅다 갈겨 바로 눈 위에 그렇게 멍이 들었다 한다.

"그것 보아! 돈푼이나 있으면 다 그런 것이야"

"정말 그래요. 없으면 없는 대로 살아도 의좋게 지내는 것이 행복이야요."

아내는 충심으로 공명해 주었다. 이 말을 들으매 내 마음은 말할 수 없이 만족해지며 무슨 승리자나 된 듯이 득의양양하였다. 그리고 마음속으로

'옳다, 그렇다, 이렇게 지내는 것이 행복이다.'

하였다.

4

이틀 뒤 해 어스름에 처형은 우리 집에 놀러 왔다. 마침 내가

정신없이 무엇을 생각하고 있을 즈음에 쓸쓸하게 닫혀 있는 중문이 찌그덩하며 비단옷 소리가 사르륵사르륵 들리더니 아랫목은 내게 빼앗기고 윗목에서 바느질을 하고 있던 아내가 문을 열고 나간다.

"아이고, 형님 오셔요?"

아내의 인사하는 소리가 들리더니 처형이 계집 하인에게 무엇을 들리고 들어온다. 나도 반갑게 인사를 하였다.

"그날 매우 욕을 보셨지요? 못 먹는 술을 무슨 짝에 그렇게 잡수셔요?"

그는 이런 인사를 하다가 급작스럽게 계집 하인이 든 것을 앗더니 그 속에 신문지로 싼 것을 끄집어내어 아내를 주며

"내 신 사는데 네 신도 한 켤레 샀다. 그날 청목당혜를……."

말을 하려다가 나를 곁눈으로 흘끔 보고 그만 입을 닫친다.

"그것을 왜 또 사셨어요?"

해쓱한 얼굴에 꽃물을 들이며 아내가 치사하는 것도 들은 체 만 체하고 또 이야기를 시작한다.

"올 적에 사랑양반을 졸라서 돈 백 원을 얻었겠지. 그래서 오늘 종로에 나와서 옷감도 바꾸고, 신도 사고……."

그는 자랑과 기쁨의 빛이 얼굴에 퍼지며 싼 보를 끌러

"이런 것이야!"

하고 우리 앞에 펼쳐 놓는다.

자세히는 모르나 여하간 값 많고 품 좋은 비단일 듯하다. 무늬 없는 것, 무늬 있는 것, 회색·옥색·초록색·분홍색이 갖가지로 윤이 흐르며 색색이 빛이 나서 나는 한참 황홀하였다. 무슨 칭찬을

해야 되겠다 싶어서

"참 좋은 것인데요."

이런 말을 하다가 나는 또 쓸쓸한 생각이 일어난다. 저것을 보는 아내의 심중이 어떠할까? 하는 의문이 문득 일어남이라.

"모다 좋은 것만 골라 샀습니다그려."

아내는 인사를 차리느라고 이런 칭찬은 하나마 별로 부러워하는 기색이 없다.

나는 적이 의외의 감이 있었다.

처형은 자기 남편의 흉을 보기 시작하였다. 그 맵살스럽다는 둥, 그 추근추근하다는 둥, 말끝마다 자기 남편의 불미한 점을 들다가 문득 이야기를 끊고 일어섰다.

"왜 벌써 가시려고 하셔요? 모처럼 오셨다가 반찬은 없어도 저녁이나 잡수셔요."

하고 아내가 만류를 하니

"아니 곧 가야 돼, 오늘 저녁차로 떠날 것이니까 가서 짐을 매어야지, 아직 차 시간이 멀었어? 아니 그래도 정거장에 일찍 나가야지, 만일 기차를 놓치면 오죽 기다리실라구, 벌써 오늘 저녁차로 간다고 편지까지 하였는데⋯⋯."

재삼 만류함도 돌아보지 아니하고 그는 총총히 나간다. 우리는 그를 보내고 방에 들어왔다. 나는 웃으며 아내더러

"그까짓 것이 기다리는데 그다지 급급히 갈 것이 무엇이야!"

아내는 하염없이 웃을 뿐이었다.

"그래도 옷감 바꿀 돈을 주었으니 기다리는 것이 애처롭기는 하겠지!"

밉살스러우니, 추근추근하니 하여도 물질의 만족만 얻으면 그 것으로 위로하고 기뻐하는 그의 생활이 참 가련하다 하였다.

"참 그런가 보아요."

아내도 웃으며 내 말을 받는다. 이때에 처형이 사준 신이 그의 눈에 띄었는지(혹은 나를 꺼려, 보고 싶은 것을 참았는지 모르나) 그것 을 집어 들고 조심조심 펴 보려다가 말고 머뭇머뭇한다. 그 속에 그를 해케 할 무슨 위험품이나 든 것같이.

"어서 펴 보구려."

아내가 하도 머뭇머뭇하기로 보다 못하여 내가 최촉을 하였다.

아내는 이 말을 듣더니 '작히 좋으랴' 하는 듯이 활발하게 싼 신 문지를 헤친다.

"퍽 이쁜걸요."

그는 근일에 드문 기쁜 소리를 치며 방바닥 위에 사뿐 내려놓고 버선을 당기며 곱게 신어 본다.

"어쩌면 이렇게 맞어요!"

연해연방 감탄사를 부르짖는 그의 얼굴에 흔연한 희색이 넘쳐 흐른다.

"……."

묵묵히 아내의 기뻐하는 모양을 보고 있는 나는 또다시 '여자란 할 수 없어!' 하는 생각이 들며 '조심하였을 따름이다!' 하매 밤빛 같은 검은 그림자가 가슴을 어둡게 하였다. 그러면 아까 처형의 옷 감을 볼 적에도 물론 마음속으로는 부러워하였을 것이다. 다만 표 면에 드러나지 아니하였을 따름이다. 겨우 '어서 펴보구려' 하는 한 마디에 가슴에 숨겼던 생각을 속임 없이 나타내는구나 하였다.

내가 무엇을 생각하고 있는지 저는 모르고 새 신 신은 발을 조금 쳐들며

"신 모양이 어때요?"

"매우 이뻐!"

겉으로는 좋은 듯이 대답을 하였으나 마음은 쓸쓸하였다. 내가 제게 신 켤레도 사 주지 못하여 남에게 얻은 것으로 만족하고 기뻐하는도다.

웬일인지 이번에는 그만 불쾌한 생각이 일어나지 아니하였다. 처형이 동서를 밉다거니 무엇이니 하면서도 기차 놓치면 남편이 기다릴까 염려하여 급히 가던 것이 생각난다. 그것을 미루어 아내의 심사도 알 수가 있다. 부득이한 경우라 하릴없이 정신적 행복에만 만족하려고 애를 쓰지마는 기실 부족한 것이다. 다만 참을 따름이다. 그것은 내가 생각해야 된다. 이런 생각을 하니 전날 아내에게 그런 말을 한 것이 후회가 난다.

'어느 때라도 제 은공을 갚아 줄 날이 있겠지!'

나는 마음을 좀 너그럽게 먹고 이런 생각을 하며 아내를 보았다.

"나도 어서 출세를 하여 비단신 한 켤레쯤은 사 주게 되었으면 좋으련만……."

아내가 이런 말을 듣기는 참 처음이다.

"네에?"

아내는 제 귀를 못 믿어 하는 듯이 의아한 눈으로 나를 보더니 얼굴에 살짝 열기가 오르며

"얼마 안 되어 그렇게 될 것이야요."

라고 힘 있게 말하였다.

"정말 그럴 것 같소?"

나도 약간 흥분하여 반문하였다.

"그러면요, 그렇고말고요."

아직 아무도 인정해 주지 않은 무명작가인 나를 다만 저 하나가 깊이깊이 인정해 준다! 그렇기에 그 강한 물질에 대한 본능적 요구도 참아 가며 오늘날까지 몹시 눈살을 찌푸리지 아니하고 나를 도와준 것이다.

'아아, 나에게 위안을 주고 원조를 주는 천사여!'

마음속으로 이렇게 부르짖으며 두 팔로 덥석 아내의 허리를 잡아 내 가슴에 바싹 안았다. 그다음 순간에는 뜨거운 두 입술이…… 그의 눈에도 나의 눈에도 그렁그렁한 눈물이 물 끓듯 넘쳐 흐른다.

술 권하는 사회

"아이그 아야."

홀로 바느질을 하고 있던 아내는 얼굴을 살짝 찌푸리고 가늘고 날카로운 소리로 부르짖었다. 바늘 끝이 왼손 엄지손가락 손톱 밑을 찔렀음이다. 그 손가락은 가늘게 떨며 하얀 손톱 밑으로 앵두빛 같은 피가 비친다. 그것을 볼 사이도 없이 아내는 얼른 바늘을 빼고, 다른 손 엄지손가락으로 그 상처를 누르고 있다. 그러면서 하던 일가지를 팔꿈치로 고이고이 밀어 내려놓았다. 이윽고 눌렀던 손을 떼어 보았다. 그 언저리는 인제 다시 피가 아니 나려는 것처럼 혈색이 없다. 하더니, 그 희던 꺼풀 밑에 다시금 꽃물이 차츰차츰 밀려온다. 보일 듯 말 듯한 그 상처로부터 좁쌀낟 같은 핏방울이 송송 솟는다. 또 아니 누를 수 없다. 이만하면 그 구멍이 아물었으려니 하고 손을 떼면 또 얼마 아니 되어 피가 비치어 나온다.

인제 헝겊 오락지[1]로 처매는 수밖에 없다. 그 상처를 누른 채 그

30

는 바느질고리에 눈을 주었다. 거기 쓸 만한 오락지는 실패 밑에 있다. 그 실패를 밀어내고 그 오락지를 두 새끼손가락 사이에 집어 올리려고 한동안 애를 썼다. 그 오락지는 마치 풀로 붙여 둔 것같이 고리 밑에 착 달라붙어 세상 집혀지지 않는다. 그 두 손가락은 헛되이 그 오락지 위를 긁적거리고 있을 뿐이다.

"왜 집혀지지를 않아!"

그는 마침내 울 듯이 부르짖었다. 그리고 그것을 집어 줄 사람이 없나 하는 듯이 방 안을 둘러보았다. 방 안은 텅 비어 있다. 어느 뉘 하나 없다. 호젓한 허영만 그를 휩싸고 있다. 바깥도 죽은 듯이 고요하다. 시시로 풍풍 하고 떨어지는 수도의 물방울 소리가 쓸쓸하게 들릴 뿐. 문득 전등불이 광채를 더하는 듯하였다. 벽상에 걸린 괘종의 거울이 번들하며 새로 한 점을 가리키려는 시침이 위협하는 듯이 그의 눈을 쏜다. 그의 남편은 그때껏 돌아오지 않았었다.

아내가 되고, 남편이 된 지는 벌써 오래의 일이다. 어느덧 칠팔 년이 지내었으리라. 하건만 같이 있어 본 날을 헤아리면 단 일 년이 될락 말락 한다. 막 그의 남편이 서울서 중학을 마쳤을 제 그와 결혼하였고 그러자마자 그만 동경에 부급한[2] 까닭이다. 거기서 대학까지 졸업을 하였었다. 이 길고 긴 세월에 아내는 얼마나 괴로웠으며 외로웠으랴! 봄이면 봄, 겨울이면 겨울, 웃는 꽃을 한숨으로 맞았고 얼음 같은 베개를 뜨거운 눈물로 덥히었다. 몸이 아플 제, 마음이 쓸쓸할 제, 얼마나 그가 그리웠으랴! 하건만 아내는 이 모든 고생을 이를 악물고 참았었다. 참을 뿐이 아니라 달게 받았었다. 그것은 남편이 돌아오기만 하면! 하는 생각이 그에게 위로를 주고 용기를 준 까닭이었다. 남편이 동경에서 무엇을 하고 있나? 공부를 하고 있다. 공부가 무엇인가? 자세히는 모른다. 또 알려고 애쓸 필요도 없다. 어찌하였든지 이 세상에 제일 좋고 제일 귀한 무엇이라 한다. 마치 옛날이야기에 있는 도깨비의 부자 방망이 같은 것이려니 한다. 옷 나오라면 옷 나오고, 밥 나오라면 밥 나오고, 돈 나오라면 돈 나오고…… 저 하고 싶은 무엇이든지 청해서 아니 되는 것이 없는 무엇을 동경에서 얻어 가지고 나오려니 하였었다. 가끔 놀러 오는 친척들의 비단옷 입은 것과 금지환 낀 것을 볼 때에 그 당장엔 그윽이 부러워도 하였지만 나중엔

"남편만 돌아오면!"

하고 그것에 경멸하는 시선을 던지었다.

남편이 돌아왔다. 한 달이 지나가고 두 달이 지나간다. 남편의 하는 행동이 자기의 기대하던 바와 조금 배치되는 듯하였다. 공부 아니 한 사람보다 조금도 다른 것이 없었다. 아니다. 다르다면 다른 점도 있다. 남은 돈벌이를 하는데 그의 남편은 도리어 집안 돈을 쓴다. 그러면서도 어디인지 분주히 돌아다닌다. 집에 들면 정신 없이 무슨 책을 보기도 하고 또는 밤새도록 무엇을 쓰기도 하였다.

'저러는 것이 참말 부자 방망이를 맨드는 것인가 보다.'

아내는 스스로 이렇게 해석하였다.

또 두어 달 지나갔다. 남편의 하는 일은 늘 한 모양이었다. 한 가지 더한 것은 때때로 깊은 한숨을 쉬는 것뿐이었다. 그리고 무슨 근심이 있는 듯이 얼굴을 펴지 않았다. 몸은 나날이 축이 나간다.

'무슨 걱정이 있는고?'

아내도 따라서 근심을 하게 되었다. 하고는 그 여윈 것을 보충하려고 갖가지로 애를 썼다. 곧 될 수 있는 대로 그의 밥상에 맛난 반찬 가지를 붙게 하며 또 곰³ 같은 것도 만들었다. 그런 보람도 없이 남편은 입맛이 없다 하며 그것을 잘 먹지도 않았었다.

또 몇 달이 지나갔다. 인제 출입을 뚝 끊고 늘 집에 붙어 있다. 걸핏하면 성을 낸다. 입버릇 모양으로 화난다 화난다 하였다.

어느 밤 새벽, 아내가 어렴풋이 잠을 깨어 남편의 누웠던 자리를 더듬어 보았다. 쥐이는 것은 이불자락뿐이다. 잠결에도 조금 실망을 아니 느낄 수 없었다. 잃은 것을 찾으려는 것처럼 눈을 부스스 떴다. 책상 위에 머리를 쓰러뜨리고, 두 손으로 그것을 움켜쥐고 있는 남편을 보았다. 흐릿한 의식이 돌아옴을 따라 남편의 어깨가 들썩들썩 움직임도 깨달았다. 흑흑 느끼는 소리가 귀를 울린다. 아내는 정신을 바짝 차리었다. 불현듯 몸을 일으켰다. 이윽고 아내의 손은 가볍게 남편의 등을 흔들며, 목에 걸리고 잘 나오지 않는 소리로

"왜 이렇고 계셔요?"

라고 물어보았다.

"……"

남편은 아무 대답이 없다. 아내는 손으로 남편의 얼굴을 괴어 들려고 할 즈음에 그것이 뜨뜻하게 눈물에 젖은 것을 깨달았다.

또 한 두어 달 지나갔다. 처음처럼 다시 출입이 자조로웠다. 구역이 날 듯한 술 냄새가 밤늦게야 돌아오는 남편의 입에서 나게 되었다. 그것은 요사이 일이다. 오늘 밤에도 지금까지 돌아오지 않았다. 초저녁부터 아내는 별별 생각을 다 하면서 남편을 고대고대하

고 있었다. 지루한 시간을 속히 보내려고 치웠던 일가지를 또 꺼내 었었다. 그것조차 뜻같이 아니 되었다. 때때로 바늘은 헛되이 움직이었다. 마침내 그것에 찔리고 말았다.

"어데를 가서 이때껏 오시지 않아!"

아내는 인제 아픈 것도 잊어버리고 짜증을 내었다. 잠깐 그를 떠났던 공상과 환영이 다시금 그의 머리에 떠돌기 시작하였다. 이상한 꽃을 수놓은 흰 보 위에 맛난 요리를 담은 접시가 번쩍인다. 여러 친구와 술을 권커니 작커니 하는 광경이 보인다. 어떤 기생년이 애교가 흐르는 웃음을 띠고, 살근살근 제 남편에게로 다가드는 꼴이 보인다. 그의 남편은 미친 듯이 껄껄 웃는다. 나중에는 검은 휘장이 스르르 덮이는 듯이 그 모든 것이 사라져 버리더니 낭자한 요리상만이 보이기도 하고 술병만 희게 빛나기도 하고, 아까 그 기생이 한 팔로 땅을 짚고 진저리를 쳐 가며 웃는 꼴이 보이기도 하였다. 또는 남편이 길바닥에 쓰러져 우는 것도 보이었다.

"문 열어라!"

문득 대문이 덜컥 하고 혀가 꼬부라진 소리로 부르는 듯하였다.

"네."

저도 모르게 대답을 하고 급히 마루로 나왔다. 잘못 신은, 발에 아니 맞는 신을 질질 끌면서 대문으로 달렸다. 중문은 아직 잠그지도 않았고 행랑방에 사람이 없지 않지마는 으레 깊은 잠에 떨어졌을 줄 알고 자기가 뛰어나감이었다. 가느름한 손이 어둠 속에서 희게 빗장을 잡고 한참 실랑이를 한다. 대문은 열렸다.

밤바람이 선득하게 얼굴에 앉힌다. 문밖에는 아무도 없다! 온 골목에 사람의 그림자도 볼 수 없다. 검푸른 밤빛이 허연 길 위에 그물그물 깃들었을 뿐이었다.

아내는 무엇에 놀란 사람 모양으로 한참 멀거니 서 있었다. 문득 급거히[4] 대문을 닫친다. 마치 그 열린 사이로 악마나 들어올 것처럼.

"그러면 바람 소리였구면."

하고 싸늘한 뺨을 쓰다듬으며, 해쭉 웃고 발길을 돌리었다.

"아니, 내가 분명히 들었는데…… 혹 내가 잘못 보지를 않았나? 길바닥에나 쓰러져 있었으면 보이지도 않을 터야……."

중문간까지 다다르자 별안간 이런 생각이 그의 걸음을 멈추게 하였다.

"대문을 또 좀 열어 볼까? 아니야, 내가 헛들었지…… 그래도 혹…… 아니야, 내가 헛들었지."

망설거리면서도 꿈꾸는 사람 모양으로, 저도 모를 사이에 마루까지 올라왔다. 매우 기묘한 생각이 번개같이 그의 머리에 번쩍인다.

"내가 대문을 열었을 제 나 몰래 들어오지나 않았나?"

과연 방 안에 무슨 소리가 나는 것 같았다. 확실히 사람의 기척이 있다. 어른에게 꾸중 모시러 가는 어린애처럼 조심조심 방문 앞에 왔다. 그리고 문간 아래로 손을 대며 하염없이 웃는다. 그것은 제 잘못을 용서해 줍시사 하는 어린애 같은 웃음이었다. 조심조심 방문을 열었다. 이불이 어째 움직움직하는 듯하였다.

'나를 속이려고 이불을 쓰고 누웠구면.'

하고 마음속으로 소곤거렸다. 가만히 내려앉는다. 그 모양이 이것을 건드려서는 큰일이 나지요 하는 듯하였다. 이불을 펄쩍 쳐들었

다. 빈 요가 하얗게 드러난다. 그제야 확실히 아니 온 줄 안 것처럼

"아니 왔구먼, 안 왔어!"

라고 울 듯이 부르짖었다.

남편이 돌아오기는 새로 두 점을 훨씬 지낸 뒤였다. 무엇이 털썩 하는 소리가 들리고 잇따라

"아씨, 아씨!"

라고 부르는 소리가 귀를 때릴 때에야 아내는 비로소 아직도 앉았을 자기가 이불 위에 쓰러져 있음을 깨달았다. 기실 잠귀 어두운 할멈이 대문을 열었으리만큼 아내는 깜박 잠이 깊이 들었었다. 하건만 그는 몽경에서 방황하는 정신을 당장에 수습하였다. 두어 번 얼굴을 쓰다듬자마자 불현듯 밖으로 나왔다.

남편은 한 다리를 마루 끝에 걸치고 한 팔을 베고 옆으로 누워 있다. 숨소리가 씨근씨근한다.

막 구두를 벗기고 일어난 할멈은 검붉은 상을 찡그려 붙이며

"어서 일어나 방으로 들어가셔요."

라고 한다.

"응, 일어나지."

'나리'는 혀를 억지로 돌리어 코와 입으로 대답을 하였다. 그래도 몸은 꿈쩍도 않는다. 도리어 그 개개풀린 눈을 자려는 것처럼 스르르 감는다. 아내는 눈만 비비고 서 있다.

"어서 일어나셔요, 방으로 들어가시라니까."

이번에는 대답조차 아니 한다. 그 대신 무엇을 잡으려는 손처럼

손을 내어 젓더니

"물 물! 냉수를 좀 주어."

라고 중얼거렸다.

할멈은 얼른 물을 떠다 이취자[5]의 코밑에 놓았건만 그 사이에 벌써 아까 청을 잊은 것같이 취한 이는 물을 먹으려고도 않는다.

"왜 물을 아니 잡수셔요?"

곁에서 할멈이 깨우쳤다.

"응, 먹지 먹어."

하고 그제야 주인은 한 팔을 짚고 고개를 든다.

한꺼번에 물 한 대접을 다 들이켜 버렸다. 그러고는 또 쓰러진다.

"에그, 또 눕네."

하고 할멈은 우물로 기어드는 어린애를 안으려는 모양으로 두 손을 내어민다.

"할멈은 고만 가 자게."

주인은 귀치않다 하는 듯이 말을 한다.

이를 어찌해 하는 듯이 멀거니 서 있는 아내도 할멈이 그만 갔으면 하였다. 남편을 붙들어 일으킬 생각이야 간절하지마는 할멈 보는데 어찌 그럴 수 없는 것 같았다. 혼인한 지가 칠팔 년이 되었으니 그런 파수[6]야 되었으련만 같이 있어 본 날을 꼽아 보면 그는 아직 갓 시집온 색시였다.

"할멈은 가 자게."

란 말이 목까지 올라왔지만 입술에서 사라지고 말았다. 마음 그윽이 할멈이 돌아가기만 기다릴 뿐이다.

"좀 일으켜 드려야지."

가기는커녕 이런 말을 하고 할멈은 선웃음을 치면서 마루로 부
득부득 올라온다. 그 모양은 마치 주인 나리가 약주가 취하시거든
방에까지 모셔다 드려야 제 도리에 옳지요 하는 듯하였다.

"자아, 자아."

할멈은 아씨를 보고 히히 웃어 가며 나리의 등 밑으로 손을 넣
는다.

"왜 이래 왜 이래, 내가 일어날 터야."

하고 몸을 움직이더니 정말 주인은 부스스 일어난다. 마루를 쾅쾅
눌러 디디며 비틀비틀 곧 쓰러질 듯한 보조로 방문을 향하고 걸어
간다. 와직끈하며 문을 열어젖히고는 방 안을 들어간다. 아내도 뒤
따라 들어왔다. 할멈은 중문 턱을 넘어설 제 몇 번 혀를 차고는 저
갈 데로 가 버렸다.

벽에 엇비슷하게 기대서 있는 남편은 무엇을 생각하는 듯이 고
개를 숙이고 있다. 그의 말라붙은 관자놀이에 펄떡거리는 푸른 맥
을 아내는 걱정스럽게 바라보면서 남편 곁으로 다가온다. 아내의
한 손은 양복 깃을, 또 한 손은 그 소매를 잡으며 화한 목성으로

"자아, 벗으셔요."

하였다.

남편은 문득 미끄러지는 듯이 벽을 타고 내려앉는다. 그의 쭉
뻗친 발끝에 이불자락이 저리로 밀려간다.

"에그, 왜 이리 하셔요? 벗자는 옷은 아니 벗으시고."

그 서슬에 넘어질 뻔한 아내는 애달프게 부르짖었다. 그러면서
도 같이 따라 앉는다. 그의 손은 또 옷을 잡았다.

"옷이 구겨집니다. 제발 좀 벗으셔요."

라고 아내는 애원을 하며 옷을 벗기려고 애를 쓴다. 하나 취한 이의 등이 천근같이 벽에 척 들러붙었으니 벗겨질 리가 없다. 애를 쓰다 쓰다 옷을 놓고 물러앉으며

"원 참, 누가 술을 이처럼 권하였노?"

라고 짜증을 낸다.

"누가 권하였노? 누가 권하였노? 흥흥."

남편은 그 말이 몹시 귀에 거슬리는 것처럼 곱삶는다.

"그래 누가 권했는지, 마누라가 좀 알아내겠소?"

하고 껄껄 웃는다. 그것은 절망의 가락을 띤 쓸쓸한 웃음이었다. 아내도 따라 방긋 웃고는 또 옷을 잡으며

"자아, 옷이나 먼저 벗으셔요. 이야기는 나중에 하지요. 오늘 밤에 잘 주무시면 내일 아침에 알려 드리지요."

"무슨 말이야, 무슨 말이야? 왜 오늘 일을 내일로 미루어? 할 말이 있거든 지금 해!"

"지금은 약주가 취하셨으니, 내일 약주가 깨시거든 하지요."

"무엇? 약주가 취해서?"

하고 고개를 쩔레쩔레 흔들며

"천만에, 누가 술이 취했단 말이오? 내가 공연히 이러지, 정신은 말뚱말뚱하오. 꼭 이야기하기 좋을 만해, 무슨 말이든지…… 자아."

"글쎄, 왜 못 잡수시는 약주를 잡수셔요? 그러면 몸에 축이 나지 않아요?"

하고 아내는 남편의 이마에 흐르는 진땀을 씻는다.

이취자는 머리를 흔들며

"아니야 아니야, 그런 말을, 듣자는 것이 아니야."

하고 아까 일을 추상하는 것처럼 말을 끊었다가 다시금 말을 이어

"옳지, 누가 나에게 술을 권했단 말이오? 내가 술이 먹고 싶어서 먹었단 말이오?"

"자시고 싶어 잡수신 건 아니지요. 누가 당신께 약주를 권하는지, 내가 알아낼까요. 저…… 첫째는 화증이 술을 권하고, 둘째는 하이칼라가 약주를 권하지요."

아내는 살짝 웃는다. 내가 어지간히 알아맞혔지요 하는 모양이었다.

남편은 고소한다.[7]

"틀렸소, 잘못 알았소, 화증이 술을 권하는 것도, 아니고, 하이칼라가, 술을 권하는 것도 아니오. 나에게 권하는 것은 따로 있어. 마누라가 내게 어떤 하이칼라한테나 홀려 다니거니, 그 하이칼라가 늘 내게 술을 권하거니, 하고, 근심을 했으면, 그것은 헛걱정이지. 나에게 하이칼라는 아무 소용도 없소. 나의 소용은 술뿐이오. 술이 창자를 휘돌아, 이것저것을 잊게 맨드는 것을 나는 취할 뿐이오."

하더니 홀연 어조를 고쳐 감개무량하게

"아아 유위유망[8]한 머리를, 알코올로 마비 아니 시킬 수 없게 하는, 그것이 무엇이란 말이오?"

하고 긴 한숨을 내어쉰다. 물큰물큰한 술 냄새가 방 안에 흩어진다.

아내에게는 그 말이 너무 어려웠다. 그만 묵묵히 입을 다물었

다. 눈에 보이지 않는 무슨 벽이 자기와 남편 사이에 가리는 듯하였다. 남편과 말이 길어질 때마다 아내는 이런 쓰디쓴 경험을 맛보았다. 이런 일은 한두 번이 아니었다.

이윽고 남편은 기막힌 듯이 웃는다.

"흥, 또 못 알아듣는군. 묻는 내가 그르지, 마누라야 그런 말을 알 수 있겠소? 내가 설명을 해 드리지. 자세히 들어요. 내게 술을 권하는 것은, 화증도 아니고, 하이칼라도 아니요, 이 사회란 것이 내게 술을 권한다오. 이 조선 사회란 것이, 내게 술을 권한다오. 알았소? 팔자가 좋아서 조선에 태어났지, 딴 나라에 났더면 술이나 얻어먹을 수 있나……"

사회란 것이 무엇인가? 아내는 또 알 수가 없었다. 어찌하였든 딴 나라에는 없고, 조선에만 있는 요릿집 이름이어니 한다.

"조선에 있어도, 아니 다니면 그만이지요."

남편은 또 아까 웃음을 재우친다.[9] 술이 정말 아니 취한 것같이 또렷또렷한 어조로

"허허, 기막혀. 그 한 분자 된 이상에 다니고 아니 다니는 게 무슨 상관이야? 집에 있으면 아니 권하고, 밖에 나가야 권하는 줄 아는가 보아? 그런 게 아니야. 무슨 사회란 사람이 있어서, 밖에만 나가면, 나를 꼭 붙들고 술을 권하는 게 아니야…… 무어라 할까…… 저어 우리 조선 사람으로 성립된 이 사회란 것이 내게 술을 아니 못 먹게 한단 말이오…… 어째 그렇소? 또 내가 설명을 해 드리지. 여기 회를 하나 꾸민다 합시다. 거기 모이는 사람놈치고, 처음은 민족을 위하느니, 사회를 위하느니 그러는데, 제 목숨을 바쳐도 아깝지 않다 아니하는 놈이 하나도 없지. 하다가 단 이틀이 못

되어, 단 이틀이 못 되어……"

한층 소리를 높이며 손가락을 하나씩 둘씩 꼽으며

"되지못한 명예 싸움, 쓸데없는 지위 다툼질, 내가 옳으니, 네가
그르니, 내 권리가 많으니, 네 권리가 적으니…… 밤낮으로 서로 찢
고 뜯고 하지. 그러니 무슨 일이 되겠소? 무슨 사업을 하겠소? 회
뿐이 아니지, 회사고 조합이고…… 우리 조선 놈들이 조직한 사회
는 다 그 조각이지. 이런 사회에서 무슨 일을 한단 말이오? 하려
는 놈이 어리석은 놈이야. 적이 정신이 바루 박힌 놈은, 피를 토하
고 죽을 수밖에 없지, 그렇지 않으면 술밖에 먹을 게 도무지 없지.
나도 전자에는 무엇을 좀 해보겠다고, 애도 써 보았어. 그것이 모
두 수포야. 내가 어리석은 놈이었지, 내가 술을 먹고 싶어 먹는 게
아니야. 요사이는 좀 낫지마는, 처음 배울 때에는, 마누라도 알다
시피, 죽을 애를 썼지. 그 먹고 난 뒤에 괴로운 것이야, 겪어 본 사
람 아니면 알 수 없지, 머리가 지끈지끈 아프고, 먹은 것이 다 돌
아 올라오고…… 그래도 아니 먹은 것보담 나았어, 몸은 괴로워도,
마음은 괴롭지 않았으니까. 그저 이 사회에서 할 것은 주정꾼 노
릇밖에 없어……"

"공연히 그런 말 말아요. 무슨 노릇을 못 해서 주정꾼 노릇을
해요! 남이라서……"

아내는 부지불식간에 흥분이 되어 열기 있는 눈으로 남편을 바
라보고 불쑥 이런 말을 하였다. 그는 제 남편이 이 세상에 가장 거
룩한 사람이어니 한다. 따라서 어느 뉘보다 제일 잘될 줄 믿는다.
몽롱하나마 그의 목적이 원대하고 고상한 것도 알았다. 얌전하던
그가 술을 먹게 된 것은 무슨 일이 맘대로 아니 되어 화풀이로 그

러는 줄도 어렴풋이 깨달았다. 그러나 술은 노상 먹을 것이 아니다. 그러면 패가망신하고 만다. 그러므로 하루바삐 그 화가 풀리었으면, 또다시 얌전하게 되었으면 하는 생각이 그의 머리를 떠날 때가 없었다. 그리고 그날이 꼭 올 줄 믿었었다. 오늘부터는 내일부터는…… 하건만 남편은 어제도 술이 취하였다. 오늘도 한 모양이다. 자기의 기대는 나날이 틀려 간다. 좇아서 기대에 대한 자신도 엷어 간다. 애달프고 원통한 생각이 가끔 그의 가슴을 누른다. 더구나 수척해 가는 남편의 얼굴을 볼 때에 그런 감정을 걷잡을 수 없었다. 지금 저도 모르게 흥분한 것이 또한 무리가 아니었다.

"그래도 못 알아듣네그려. 참, 사람 기막혀. 본정신 가지고는 피를 토하고 죽든지, 물에 빠져 죽든지 하지, 하루라도 살 수가 없단 말이야. 흉장이 막혀서, 못 산단 말이야. 에엣, 가슴 답답해."

라고 남편은 소리를 지르고 괴로워서 못 견디는 것처럼 얼굴을 찌푸리며 미친 듯이 제 가슴을 쥐어뜯는다.

"술 아니 먹는다고, 흉장이 막혀요!"

남편의 하는 짓은 본체만체하고, 아내는 얼굴을 더욱 붉히며 부르짖었다.

그 말에 몹시 놀란 것처럼 남편은 어이없이 아내의 얼굴을 바라보더니 그다음 순간에는 말할 수 없는 고뇌의 그림자가 그의 눈을 거쳐 간다.

"그르지, 내가 그르지. 너 같은 숙맥더러 그런 말을 하는 내가 그르지. 너한테 조금이라도 위로를 얻으려는 내가 그르지, 후우."

스스로 탄식한다.

"아아, 답답해!"

문득 기막힌 듯이 외마디 소리를 치고는 벌떡 몸을 일으킨다. 방문을 열고 나가려 한다.

왜 내가 그런 말을 하였던고? 아내는 불시에 후회하였다. 남편의 저고리 뒷자락을 잡으며 안타까운 소리로

"왜 어데를 가셔요? 이 밤중에 어데를 나가셔요? 내가 잘못하였습니다. 인제는 다시 그런 말을 아니 하겠습니다…… 그러게 내일 아침에 말을 하자니까……."

"듣기 싫어, 놓아, 놓아요."

하고 남편은 아내를 떠다 밀치고 밖으로 나간다. 비틀비틀 마루 끝까지 가서는 털썩 주저앉아 구두를 신기 시작한다.

"에그, 왜 이리 하셔요? 인제 다시 그런 말을 아니 한대도……."

아내는 뒤에서 구두 신으려는 남편의 팔을 잡으며 말을 하였다. 그의 손은 떨고 있었다. 그의 눈에는 단박에 눈물이 쏟아질 듯하였다.

"이건 왜 이래, 저리로 가!"

뱉는 듯이 말을 하고 휙 뿌리친다. 남편의 발길은 뚜벅뚜벅 중문에 다다랐다. 어느덧 그 밖으로 사라졌다. 대문 빗장 소리가 덜컥 하고 난다. 마루 끝에 떨어진 아내는 헛되이 몇 번

"할멈, 할멈!"

이라고 불렀다. 고요한 공기를 울리는 구두 소리는 점점 멀어 간다. 발자취는 어느덧 골목 끝으로 사라져 버렸다. 다시금 밤은 적적히 깊어 간다.

"가 버렸구면, 가 버렸어!"

그 구두 소리를 영구히 아니 잃으려는 것처럼 귀를 기울이고 있

는 아내는 모든 것을 잃었다 하는 듯이 부르짖었다. 그 소리가 사라짐과 함께 자기의 마음도 사라지고, 정신도 사라진 듯하였다. 심신이 텅 비어진 듯하였다. 그의 눈은 하염없이 검은 밤안개를 물끄러미 바라보고 있다. 그 사회란 독한 꼴을 그려 보는 것같이.

이 쓸쓸한 새벽바람이 싸늘하게 가슴에 부딪친다. 그 부딪치는 서슬에 잠 못 자고 피곤한 몸이 부서질 듯이 지극하였다.

죽은 사람에게뿐 볼 수 있는 해쓱한 얼굴이 경련적으로 떨며 절망한 어조로 소곤거렸다.

"그 몹쓸 사회가, 왜 술을 권하는고!"

희생화

1

어머님은 우리 남매를 데리고 사직골 막바지에서 쓸쓸한 가정을 이루어 있었다.

우리 아버지는 내가 세 살 먹던 가을에 돌아가셨다 한다. 어머님께서 시시로 눈물을 머금고 아버지께서 목사로 계시던 것이며, 그 열렬한 웅변이 죄 많은 사람을 감동시켜 하느님을 믿게 하던 것이며, 자기 몸은 조금도 돌아보지 아니하고 교회 일에 진심갈력[1]하던 것을 이야기하신다. 나보다 사 년 맏이인 누님은 이 말을 들을 적마다 그 맑고 고운 눈에 눈물이 어리었다. 철모르는 나는 그 이야기보다 어머님과 누님이 우는 것이 슬퍼서 눈물을 흘리었다.

집안은 넉넉지는 아니하나마 많지 않은 식구라 아버지 생전에 장만하여 주신 몇 섬지기나 추수하는 것으로 기한[2]은 면할 수 있었다.

아버지의 감화인지는 모르나 어머님은 우리 남매를 학교에 다니게 하였다. 벌써 십여 년 전 일이라 누님 공부시키는 데 대하여 별별 비평이 다 많았다. 그러나 어머님은 무슨 까닭에 여자 교육이 필요한 것인 줄은 모르셨겠지마는 아마 여자도 교육시키는 것이 좋은 줄로 아신 것 같다.

2

누님은 십팔 세의 꽃다운 처녀로 ○○학교 여자부 사 년급에 우등 성적으로 진급되고 나도 그 학교 이 년급에 진급되던 봄의 일이다.

나의 손을 붉게 하고 내 얼굴을 푸르게 하던 추위는 없어진 지 오래이다. 햇볕은 따뜻하고 바람 끝은 부드럽다. 잔디밭에는 새싹이 돋아나고 개나리와 진달래는 벌써 산야를 붉고 누르게 수놓았다.

어느덧 버드나무 얽힌 곳에 꾀꼬리는 벗을 찾고 아지랑이 희미한 하늘에 종달새는 높이 떴다.

우리 집 뜰 앞에 심어둔 두어 나무 월계화[3]도 춘군의 고운 빛을 나도 받았노라 하는 듯이 난만히[4] 피었었다.

하룻날 떠오르는 선명한 햇빛이 어렴풋이 조는 듯한 아침 안개에 위황[5]한 금색을 흩을 적에 누님은 가늘게 숨 쉬는 춘풍에 머리카락을 날리며 어리인 듯이 월계화를 바라보고 섰다. 쏘아오는 햇발이 그의 눈을 비추니 고개를 갸웃하며 한 손을 이마 위에 얹고 눈을 스르르 감더니 아직도 어슴푸레하게 조는 월계화 그늘에 몸을 숨기매 이슬 젖은 꽃송이가 누님의 뺨을 스친다. 손으로 가벼이

화판[6]을 만지며 고개를 숙여 꽃을 들여다본다……

나도 한참 누님과 월계화를 바라보다가 학교에 갈 시간이나 아니 되었나 하고 방에 걸린 시계를 보니 아니나 다를까 벌써 시간이 다 되어 간다. 급히 건넌방에 들어가 책보를 싸 가지고 나오며

"누님, 어서 학교에 가요, 벌써 시간이 다 되었어요."

"응, 벌써!"

하고 누님은 내 말에 놀라 돌아서더니 허둥허둥 건넌방에 들어가 책보를 싸더니 또 망연히 앉아 있다.

"어서 가요."

나는 조급히 부르짖었다. 누님은 또 한 번 놀라 몸을 일으켰다.

요사이 누님의 하는 일이 매우 이상하였다. 그 열심히 하던 공부도 책을 보다가 말고 망연히 자실하여 먼 산만 멀거니 바라보고 있을 적이 많았다. 누님이 잠은 어머님을 모시고 큰방에서 자되 공부는 나를 데리고 건넌방에서 하였으므로 누님이 정신 잃고 앉은 것을 여러 번 보았다.

그날 밤 새로 한 시나 되어 잠을 깨니 갑자기 뒤가 보고 싶었다. 나는 급히 일어나 뒷간에 갔었다. 뒤를 보고 나오니 이미 이지러진 어스름 반달이 중천에 걸리어 있다. 나는 달을 치어다보며 한 걸음 두 걸음 마당 가운데로 나왔다. 뜰 앞 월계화는 희미한 달빛에 어슴푸레하게 비치는데, 꽃 사이로 하야스름한 무엇이 보인다. 자세히 보니 누님이 꽃에다 머리를 파묻고 서 있다. 그의 흰 옥양목 겹저고리가 내 눈에 뜨임이라. 왜 누님이 저기 저러고 서 있나? 온 세상이 따뜻한 봄의 탄식에 싸이어 고요히 잠든 이 밤중에 무슨 까닭으로 나와 섰나? 나는 어린 가슴을 두근거리며

"누님, 거기서 무엇 해요?"

내 소리에 깜짝 놀랐는지 몸을 움칫하더니 아무 대답이 없다. 가만가만히 가까이 가서 어깨를 가볍게 흔들었다. 숨을 급히 쉬는지 등이 들먹들먹한다. 나오는 울음을 물어 멈추는지 가늘고 떨리는 오열성[7]이 들린다. 나는 바싹 대들어 누님의 얼굴을 보았다.

분결 같은 두 손 사이로 보이는 얼굴은 발그레하였다. 나는 웬일인가 하고 얼굴 가린 두 손을 힘써 떼었다. 두 손은 젖어 있었다. 누님의 두 눈으로 눈물이 흘러내린다. 구슬 같은 눈물이 점점이 월계화에 떨어진다. 월계화는 그 눈물을 머금어 엷은 명주로 가린 듯한 달빛에 어렴풋이 우는 것 같다. 누님의 머리는 불덩이같이 더웠다.

"왜 안 자고 나왔니……?"

하며 내 손을 밀치는 그 손은 떠는 듯하였다. 나는 목멘 소리로

"누님, 왜 우셔요? 네?"

하고 내 눈에도 눈물이 핑 돌았다.

이슬에 젖은 꽃향기는 사랑의 노래와 같이 살근살근 가슴을 여의고 따뜻한 미풍은 연애에 타는 피처럼 부드럽게 뺨을 스쳐 지나간다. 이런 밤에 부드러운 창자에 느낌이 없으랴! 꽃다운 마음에 수심이 없으랴!

철모르는 나는

"누님, 어서 들어가셔요."

하고 누님의 손목을 이끌었다. 맥이 종작없이[8] 뛰는 것을 감각하였다. 누님은 눈물을 씻으며

"먼저 들어가거라, 나도 곧 들어갈 것이니……."

하였다.

"대관절 웬일이야요? 어데가 편찮으셔요?"

"아니, 공연히 마음이 뒤숭숭하구나."

하더니 한 손으로 월계화 가지를 부여잡고 이마를 팔에다 대며 흑
흑 느끼어 운다.

어스름 달빛은 쓰린 이별에 우는 눈의 시선같이 몽롱하게 월계
화 나무 위에 흘러 있다.

3

이틀 후 공일날 누님과 나는 창경원 구경을 갔었다.

창경원 벚꽃이 한창이란 기사가 수일 전부터 신문에 게재되고
일기도 화창하므로 구경꾼이 구름같이 모여들어 넓으나넓은 어원[9]
이 희도록 덮여 있다. 과연 벚꽃은 필 대로 피어 동물원에서 식물
원 가는 길 양편에는 만단홍금[10]을 펼친 듯하다.

"국주야, 우리는 동물원은 그만두고 저 잔디밭에 앉아 꽃구경
이나 실컷 하자?"

누님은 찬성을 구하는 듯이 나를 들여다보며 웃는다. 나도 짐
승 곁에 가니 야릇한 무슨 냄새가 나던 것을 생각하고

"그럽시다."

라고 곧 찬성하였다.

우리는 길옆 잔디밭 은근한 편 소나무 밑에 좌정하였다. 붉은
놀 같은 꽃 다리 밑으로 지나가는 흰옷 입은 유객들이 꽃빛에 비
치어 불그스름해 보이는 것이 말할 수 없는 춘흥을 자아낸다. 어
린 나도 따뜻한 듯한 부드러운 듯한 봄의 기쁨을 깨달아 웃는 낯

으로 누님을 돌아보니 누님은 나직이 한숨을 쉬며 고개를 숙이더니, 푸른 풀 사이에 핀 누른 꽃을 하나 꺾어 뺨에다 대인다. 무슨 걱정이나 있는 듯이 눈살을 찌푸렸다. 나는 그날 밤에 누님이 월계화 사이에서 울던 광경을 가슴에 그리면서 유심히 누님의 행동을 살피었다.

누님이 얼굴에 수색을 띤 것이 퍽 애처로워서 무슨 이야기를 하여 누님의 흥미를 끌까 하고 곰곰 생각하며 이리저리 살피었다.

우연히 식물원 편을 바라보다가 그곳을 가리키고 누님을 흔들며

"저기를 좀 보셔요."

하였다. 웬일인지 누님은 깜짝 놀란다. 곤한 잠을 깬 사람에게 흔히 있는 표정으로 내가 가리키는 곳을 바라본다. 거기서 우리 학교 교복을 입은 학생 하나가 이리로 내려온다. 그는 우리 학교 사 년급 급장이었다. 누님이 한참 멀거니 바라보다가 두 추파가 마주친 것 같다. 누님은 고개를 숙이었다. 나는 누님의 귀밑이 발그레해진 것을 보았다. 누님이 내 무릎을 꼭 잡으며

"거기 무엇이 있다고 날다려 보라니?"

간신히 귀에 들리리만큼 말하였다.

"아야! 아이고 아파요. 왜 저이를 모르셔요? 그이가요, 이번에 첫째로 사 년급에 진급한 이야요. 공부를 썩 잘하고 또 재조가 비범하대요. 게다가 얼굴이 저렇게 잘났겠지요."

나는 바로 내나 그런 듯이 기뻐하면서 입에 침이 없이 칭찬하였다. 누님은 부끄럽게 웃으며

"왜 내가 그를 모른다? 사 년이나 한 학교에 다녔는데…… 그

래 그 사람 보라고 사람을 흔들고 야단을 했니?"

"그러면요…… 그런데요, 어저께 내가 누님보다 좀 일찍이 나왔지요? 집에 오니까 어머님 친구 몇 분이 오셨는데 누님 칭찬이 야단입디다. '어쩌면 인물도 그다지 잘나고 재조도 그렇게 좋을꼬. 참 복 많이 받았습니다'라고요. 나는 그 말을 듣고 춤이라도 출 듯이 기뻐하였어요, 저 사람도 장하지만 누님은 더 장해요."

나는 그 사람을 너무 칭찬하여 행여나 누님이 그에게 질까 보아서 또 한참 누님을 추어올렸다. 누님은 또 얼굴을 붉히며

"너는 별소리를 다 하는구나, 누가 네게 칭찬 듣고 싶다디?"

우리가 이런 수작을 하는 틈에 그가 벌써 우리 앞을 지나가며 슬쩍 누님을 엿보았다. 두 시선은 또 한 번 마주쳤다. 누님의 얼굴은 갑자기 다홍빛을 띠었다. 그가 중인총중[11]에 섞이어 점점 멀어가는 양을 누님이 물끄러미 바라본다. 그는 나가 버렸다. 누님의 눈이 이리로 도는 바람에 그 사람의 뒤꼴을 보는 누님을 도적해 보던 내 눈이 잡히었다.

"너는 남의 얼굴을 왜 빤히 들여다보니?"

하고 누님의 얼굴은 또다시 붉어졌다.

"보기는 누가 보아요?"

하고 나는 빙그레 웃었다.

4

그 이튿날 아침에 누님은 좀처럼 바르지 않던 분을 약간 바르며 더럽지도 않은 옷을 벗고 새 옷을 갈아입었다.

"네가 오늘은 웬일이냐?"

하고 어머님이 의아해하신다. 누님이 머뭇머뭇하더니 어린애 모양으로 어머님 가슴에 안기며

"제가 오늘은 퍽 잘나 보이시요?"

하고 웃는다. 그 웃음과 함께 누님의 얼굴에 홍조가 퍼진다. 과연 오늘은 누님이 더 어여뻐 보였다. 두 손으로 기운 없이 뒤로 큰방문을 짚고 비스듬히 문에다 몸을 반만 실려 웃는 양이 말할 수 없이 어여뻤다. 어리인 우유에 분홍 물을 들인 듯한 두 뺨은 부풀어 오른 듯하고, 장미꽃빛 같은 입술이 방실 벌어지며 보일 듯 말 듯이 흰 이빨이 번쩍거린다. 춘산을 그린 듯한 눈썹은 살짝 위로 치어오른 듯하며 그 밑에서 추수[12]같이 맑은 눈이 웃음의 가는 물결을 친다.

어머님이 누님을 보고 웃으시며

"언제는 못났디?"

"그런데 오늘은요?"

누님이 되질러 묻는다.

"오냐, 오늘은 더 이뻐 보인다."

"어머님, 정말이야요?"

하고 누님은 또 빵긋 웃는다. 수색[13]에 싸인 희색이 드러난다.

"오늘은 정말 더 이뻐 보인다. 너의 부친이 보셨던들 작히 기뻐하시겠니?"

하시며 어머님의 눈에는 눈물이 스르르 어리었다. 곱게 빛나던 누님의 얼굴에도 구름이 끼인 것 같다. 그러나 얼마 아니 되어 그 구름이 스러지고 또다시 기쁨과 희망의 빛이 번쩍거린다.

우시는 어머님을 민망히 바라보던 누님이 지은 듯한 슬픈 어조

로

"어머님, 마음 상하지 마셔요."

하였다.

"얘, 시간이 다 되었겠다. 내 걱정일랑 말고 어서 학교에나 가거라."

하고 어머님은 눈물을 삼키셨다.

우리는 책보를 끼고 나섰다.

학교 문턱에 들어서니 종소리가 들린다. 우리는 달음박질하여 들어갔다. 전교 생도가 다 모였다. 모두 행렬과 번호를 마치자

"기착,[14] 경례, 출석원 도합 ○○명."

이라 하는 카랑카랑한 소리가 들리었다. 그는 사 년급 급장의 소리다. 이 소리가 끝나자 여자부 편에서도 이와 같은 호령과 보고를 하는 소리가 들리었다. 그는 옥을 바수는 듯한 날카로운 소리였다. 그는 우리 누님의 소리다. 오늘은 웬셈인지 이 두 소리가 나의 어린 가슴을 뛰게 하였다.

그다음 토요일 하학한 후에 교우회가 모인다고 사 년급 생도들이 학교 문을 걸고 파수를 보며 철없는 일이 년급들이 나가는 것을 막아섰다. 우리가 늘 모이는 강당에 들어가니 벌써 이편에는 남학생, 저편에는 여학생이 빽빽이 앉아 있었다. 나도 거기 앉았노라니 무엇이니 무엇이니 하고 한참 야단들이더니 얼마 아니 되어 사 년급생이 흰 종잇조각을 돌리며

"지육부 간사 투표권이요, 한 장에 한 명씩 쓰시오."

하며 외친다. 내 곁에 앉은 녀석이 똑똑한 체로

"유기명 투표야요, 무기명 투표야요?"

묻는다.

"물론 무기명 투표지요."

아까 외치던 사 년급생이 대답한다. 서편에서

"무기명 투표란 무엇이오?"

하는 녀석이 있다.

"그것도 모르면서 회할 적마다 집에만 가려고 하지! 무기명 투표란 것은 선거자의 이름을 쓰지 않는 것이오."

꾸짖는 듯이 그 사 년급생이 말하고 기색이 엄숙하다. 나는 무의식적으로 단박 사 년급 급장의 이름을 썼다. 필경 남자부에는 최다점으로 그가 선거되고, 여자부에서는 최다점으로 우리 누님이 선거되었다.

그후부터 누님이 간사회 한다, 지육부 간사회 한다 하고 저녁 먹고 나가면 밤 아홉 점 열 점이나 되어 돌아오는 일이 빈빈히 있었다. 그 회에 갈 적마다 안 보던 거울도 보고 늘어진 머리카락도 쓰다듬어 올리며 옷고름도 고쳐 매었다.

하룻밤은 누님이 지육부 간사회 한다고 저녁 먹고 나가더니 열 점 반이 되어도 돌아오지 않는다. 어머님은 별별 염려를 다 하시다가

"너 누이가 여태껏 돌아오지를 않니? 회는 벌써 끝났을 것인데. 너 좀 가 보아라."

나는 두루마기를 입고 집을 나와 사직골 막바지로부터 광화문통에 가는 길로 타박타박 걸어간다. 달도 없는 오월 그믐밤이었다. 전등도 별로 없고 행인도 희소한 어둠침침한 길을 걸어가려니 무시무시한 생각이 난다. 나는 무서운 생각을 쫓느라고 발을 쾅쾅 구

르며 '하나, 둘' 하고 달음박질하였다. 한참 뛰어가니 숨이 헐떡거리고 진땀이 흐른다. 모자를 벗어 부채질하면서 천천히 걸어간다. 내 앞 멀지 않은 곳에 이리로 향하여 젊은 남녀가 짝을 지어 올라온다. 그는 남학생과 여학생이었다! 그와 누님이었다! 나는 가슴이 설렁하며 일종 호기심이 일어났다. 살짝 남의 집 담 모퉁이에 은신하였다. 둘은 내가 거기 숨어 있는 줄은 모르고 영어로 무어라고 소곤소곤거리며 지나간다. 그중에 이 말이 제일 똑똑히 들리었다.(그때는 몰랐지만 지금 생각하니 아마 이 말인 것 같다.)

"Love is blind.(사랑은 맹목적이라지요.)"

라니까 누님은 소리를 죽여 웃으며

"But, our love has eyes!(그런데 우리의 사랑은 보는 사랑이지요.)"

하였다. 그들이 지나가자 나도 가만가만 뒤를 따랐다. 어두운 속이라 누님의 흰 적삼이 퍽 눈에 뜨인다. 전등 켠 뉘 집 대문 앞을 지날 때에 나는 그의 바른손이 누님의 왼손을 꼭 쥔 것을 보았다. 나는 웬일인지 싱긋이 웃었다. 그들이 행여나 나를 돌아볼까 보아서 발자취를 죽이고 남의 담에 몸을 비비대며 꽤 멀리 떨어져 갔었다. 우리 집 가까이 와서 둘이 걸음을 멈추더니 서로 악수를 하고 또 악수를 하는 것 같았다. 연연히[15] 서로 떠나기를 싫어하는 것 같다. 한참이나 그리하다가 그가 손을 놓고 또 무어라고 한참 수군거리더니 그가 돌아서 온다. 누님은 우리 집 문 앞에 서서 한참 그의 가는 양을 바라보고 서 있다. 그는 또 내 곁으로 지나간다. 그의 걸음걸이는 허둥허둥하였다. 그가 지나간 후 나는 달음박질하여 집에 돌아왔다. 대문턱에 들어서니 어머님과 누님의 문답하는 소리가 들린다.

"왜 그처럼 늦었니? 나는 별별 근심을 다 했다."

"오늘은 상의할 일이 좀 많아서……."

누님이 머뭇머뭇한다.

"그 애는 어데로 갔니? 같이 오지를 안 하니? 오는 길에 못 봤어?"

어머님이 묻는다.

"그 애가 어데로 갔을꼬? 길에서 만났을 것인데."

누님이 걱정한다.

나는 안방 문을 열고 시침을 뚝 떼고

"누님 인제 왔어요?"

하고 빙그레 웃었다. 어머님은 놀라며

"너 뺨에, 옷에 맨 흙투성이니 웬일이냐?"

하신다.

"담에 붙어 와…… 아니야요. 저 저……."

하고 누님을 보고 빙글빙글 웃었다. 누님은 얼굴이 또 발개졌다.

5

그 후 더운 날 달밤에 누님은 친구하고 어디를 간다, 어디를 간다 하고 자주자주 나갔었다. 누님은 늘 나를 따돌리고 혼자 나갔으므로 푸른 풀 잦아진 곳과 달빛 고요한 데에서 그와 누님이 만나 꿀 같은 사랑의 속살거림을 몇 번이나 하였는지 나는 모른다.

누님의 출입이 자조롭고 기색이 수상하였던지 어머님이

"인제 네가 어데 나가거든 꼭 네 동생을 다리고 다녀라."

하신 뒤로는 누님이 집에 들면 공연히 짜증을 내며 하염없는 수색[16]이 적막한 화용[17]을 휩쌌었다. 그리고 때때로 머리가 아프다 하며 이불을 쓰고 누웠었다.

하루는 우리가 점심을 마친 후 누님이 날더러

"너 나하고 남산공원에 산보 가련?"

하였다. 그때는 유월 염천[18]이라 더운 기운이 사람을 찌는 듯하였다. 나도 거기 가서 서늘한 공기도 마시고 무성한 초목으로부터 뚝뚝 듣는 취색[19]에 땀난 몸을 씻으리라 생각하고 곧

"네."

하였다.

우리는 광화문통에서 전차를 타고 진고개[20]를 거쳐 남산공원을 올라갔었다. 저편 언덕 위에 그가 기다리기 지루하다 하는 듯이 앉았다가 일어섰다가 하는 것이 보였다. 누님이 갑자기 돌아서 나를 보며

"너 이것 가지고 진고개 가서 과자 좀 사 와! 응?"

하며 돈 이십 전을 주었다. 나는 급히 진고개로 나왔다. 얼른 과자를 사 가지고 가본즉 그와 누님은 그림자도 보이지 않았다.

"어데로 갔을까?"

나는 누님이 무슨 위험한 곳에나 간 것같이 가슴이 팔딱거리었었다. 이리저리 아무리 살펴도 그들은 없다. 나는 이편으로 기웃기웃, 저편으로 기웃기웃하였다. 한참이나 취색이 어린 남산 정상을 쳐다보다가 또다시 걸어갔었다. 한동안 걸어가도 보이지 않는다.

'아이고, 어데로 또 그만 가 버렸어? 이리로는 아마 아니 갔나

보다.'

하고 돌아서 오던 길로 도로 온다.

갔던 길로 도로 오려니 퍽 먼 것 같다.

'에이그, 그동안에 내가 퍽도 걸었네.'

속으로 중얼중얼하였다. 골딱지가 나니까 더 더운 것 같다. 대기는 햇불에 와글와글 끓는 것 같다. 나는 이 대기에 잠기어 몸이 삶아지는지? 땀이 줄줄 흘러내리고 숨은 헐떡헐떡 차오른다. 모자를 벗으니 머리에서 김이 무럭무럭 난다. 나는 부글부글 고여오르는 심술을 억지로 참으며 아까 그가 있던 곳까지 돌아왔다.

"어데로 갔을까? 저리로 가 보자."

혼잣말로 투덜거리고 아까 갔던 반대 방면으로 걸어갔었다. 한동안 걸어가도 그들은 또 보이지 않는다. 참고 참았던 짜증이 일시에 폭발이 되었다. 잔디밭에 털썩 주저앉아 엉엉 울었다. 풀들을 쥐어뜯으며 한참 울다가 하도 내가 어린애 같은 것이 부끄럽고 우스웠다. 그렁그렁한 눈물을 씻고 히히 한번 웃은 뒤 이리저리 또 살펴보기 시작하였다.

저편, 좀처럼 사람 눈에 뜨이지 않을 소나무 그늘 밑에 그들이 나란히 앉아 있는 것을 보았다. 나는 잃었던 보배를 발견한 듯이 기뻐하였다.

"누님! 거기 계셔요?"

고함을 지르고 뛰어가려다가 에라 무슨 이야기를 하는지 좀 엿들으리라 하고 어느 밤에 그들의 뒤를 따라가던 모양으로 가만가만 걸어 가까이 갔었다. 한낮이므로 유객[21] 하나 없고 바람 한 점 불지 않는다. 더운 공기는 기름 언 것같이 조금도 파동이 없다. 남이 들을까 보아서 가만가만히 하는 이야기도 낱낱이 내 귀에 들리었다.

"물론 그렇게 해야지요, 그런데 요사이는 어째 볼 수가 없어요?"

그가 말하였다.

"어머님께서 어데 나가게 하셔야지요, 나가거든 꼭 네 동생을 다리고 다녀라 하시겠지요. 그래서 오늘도 같이 왔지요."

그리고 누님이 웃으며 말을 이어

"딴 이야기 하느라고 잊었구려, 기다리신다고 오죽 지리하셨겠어요?"

"한 시간이나 넘어 기다렸어요. 오늘도 아마 못 오시는가 보다 하고 그만 가 버릴까까지 하였어요."

"네? 가 버릴까 하였어요? 제가 언제 약속 어긴 일이 있어요? 저는 어찌 급했던지 점심을 먹는데 밥이 입으로 들어가는지 코로 들어가는지 몰랐어요."

둘이 웃는다. 나도 웃었다. 나는 어린애가 꽃에 앉은 나비를 잡으러 간 때에 가는 걸음걸이로 한 걸음 두 걸음 가까이 갔었다. 사랑하는 이들은 달디단 이야기에 얼이 빠져 사람 오는 줄도 모른다. 그들 앉은 소나무 뒤에 살짝 붙었었다. 두 어깨는 닿아 있고 누님의 풀린 머리카락이 그의 뺨을 스친다. 그와 누님의 눈과 입에는 정이 찬 웃음이 넘친다. 그러다가 두 손길을 마주 잡고 실심한 사람 모양으로 멀거니 서로 들여다본다. 누님의 몸으로부터 발산하는 따뜻하고 향기로운 기운에 나도 싸인 것 같았다. 나는 와락 달려들며

"누님, 여기 계셔요? 나는 어데 가셨다고…… 아이 사람 애도 퍽도 먹이시지!"

둘은 깜짝 놀래었다. 누님의 모시 적삼이 달싹달싹하는 것을 보곤 누님의 가슴이 팔딱거리는구나 하였다.

그는 시치미를 뚝 떼려 하였으나 '부끄럼'이란 원소가 얼굴에 퍼뜨리는 붉은빛을 감출 길이 없었다.

"에그, 나는 누구라구, 퍽도 놀랐다."

누님은 두근거리는 가슴을 한 손으로 어루만지며 말하였다. 누님이 그를 향하며

"이 애가 제 동생이야요. 아직 철이 안 나서…… 많이 사랑해 주셔요."

한 뒤 나를 보고 그를 눈으로 가리키며

"너 이보고 이훌랑은 형님이라 하여라."

"어째서 형님이라 해요?"

내가 애를 먹였다. 누님의 얼굴은 새빨개지며 나를 흘겨본다.

"왜 누님 성나셨소? 그러면 형님이라 하지요."

하고 어리광을 부리며

"형님, 누님! 과자 잡수셔요."

하고 쥐었던 과자를 앞에 내놓았다. 누님이 나를 보고 방그레 웃으며

"우리는 먹기 싫으니 너 혼자 저쪽에 가서 먹고 있거라. 우리 갈 때 부를 것이니……."

나도 길게 방해 놀기가 싫었다. 과자를 쥐고 나와 풀밭에 앉아 먹으면서 혼잣말로

"내 뱃속에 영감쟁이가 열둘이나 들어앉았는데 어린애로만 여기지……."

하고 웃었다.

그 긴긴 해가 벌써 서산에 걸리었다. 낙조에 비치는 녹수[22]와 방초[23]는 불이 붙은 것같이 붉어 보인다.

나도 이 동안에 퍽도 심심하였다. 풀을 자리 삼아 눕기도 하고, 기지개도 켜고 몸을 비비 틀기도 하며 곡조도 모르는 창가를 함부로 부르기도 하였다. 이제나 올까, 저제나 부를까 고대고대하여도 그 둘의 그림자는 어른도 아니한다. 무슨 이야기가 그렇게 많은고. 아마 사랑하는 사람끼리의 이야기는 끝이 없는가 보다. 벌써 이야기한 것이 수만 마디가 넘건마는 말 몇 마디 못하여 해는 어이 수이 가나 하는 것이다.

남산 밑 풀과 나무에 빛나던 붉은빛은 점점 걷히고 모색[24]이 가물가물 쳐들어온다. 햇빛은 쫓기어 남산 정상을 향하여 자꾸 기어 올라가더니 남산 맨 꼭대기에 옴츠리고 앉았을 뿐이다.

검푸른 저문 빛이 남산 밑을 에워싸자 정상에 비치는 햇빛조차 스러지고 저편 하늘에 붉은 놀이 흰 구름을 붉고 누렇게 물들인다.

나는 참다 못하여 몸을 일으켜 그곳으로 갔다. 어두운 빛에 놀랐는지 그들도 일어섰다. 나는 걸음을 멈추고 나무로 깎아 세워 놓은 사람 모양으로 주춤 섰다. 누님의 걱정스러운 떨리는 소리가 나의 이막을 울림이라.

"K씨! 우리가 목전에 즐거움만 다행히 여겨 그냥 이리 지내다가 우리의 꿈 같은 행복이 끝에는 소태 같은 고통으로 변할 것 같아요. 우리 각각 꼭 아까 말한 것과 같아야 됩니다."

"아모렴요! 꼭 그리해야 될 터인데…… 아까도 말했지만 우리 집은 워낙 완고라……."

그의 말은 떨리었다.

나는 가슴이 선뜻하였다. 무슨 말을 하였나? 무슨 일을 하려는가? 엿듣지 못한 것이 한이 되었다. 둘은 이리로 걸어온다. 누님의 눈은 약간 발그레하였다. 그 고운 뺨에 눈물 흔적이 보였다. 나는 또 웬일인가 하고 가슴이 선뜻하였다.

6

그날 밤에 나의 어린 소견에도 별별 생각을 다하고 씩씩히 잠도 잘 자지 못하였다. 내가 어렴풋이 잠을 깰 적마다 어머님과 누님이 무어라고 이야기하는 소리가 간단없이 들리었다.

새로 한 점이나 되어 내가 또 잠을 깨니 큰방에서 훌쩍훌쩍 우는 소리가 들린다. 울음 섞인 어머님의 말소리가 난다.

"그래, 네가 요사이 늘 탈기[25]를 하고 행동이 수상하더라…… 나는 허락한다 하더래도 만일 그 집에서 안 된다면 네 신세가 어떻게 되니? 네가 다만 하나 있는 어미 몰래 그 사람과 약혼한 것이 괘씸하다. 아비 없이 너를 금옥같이 길러 내어 이런 일이 날 줄이야! 남편 없다고 너까지 나를 업수이 여기는 게지……."

누님은 흑흑 느끼며

"어머님, 잘못하였습니다, 무어라고 말씀을 여쭈어야 좋을지…… 친키도 전에 말씀 여쭈기도 부끄러운 일이고…… 친한 뒤에는 몇 번이나 말씀 여쭈려 하였지만 입이 잘 떨어지지를 않았어요…… 들어주셔요. 암만 어머님이라도 그때는 부끄러웠어요. 이젠 서로 약혼까지 해 놓으니 몸과 마음이 달아 부끄럼도 돌아볼 수 없게 되었어요. 그래서 뻔뻔스럽게 여쭌 것이야요. 어머님 말씀같이 그가 저를 잊을 리는 없어요, 버릴 리는 없어요. 그다지 다정한 그가 그럴 리가 있다고요? 어제 공원에서 단단히 맹서하였습니다. 각각 부모님께 여쭈어 들으시면 이 위에 더 좋은 일이 없거니와 만일 그렇지 않거든 멀리멀리 달아나겠다구요. 배가 고프고 옷이 차더라도 부모도 못 보고 형제도 못 보더라도 둘이 같이만 있으면 행복이라구요. 온갖 곤란과 갖은 고통을 달게 겪겠다구요. 정말 그래요. 저도 그 없으면 미칠 것 같아요. 어머님이 허락을 아니 하신다 할 것 같으면 저는 이 세상에 살아 있을 것 같잖아요."

밀려오는 물을 막았던 방축을 무너 버릴 때에 물밀 듯이 누님이 말하였다. 흔히 순결한 처녀가 사랑의 불을 가슴속에 깊이깊이 숨겨 두고 행여나 남이 알까 보아서 전전긍긍하며 홀로 간장을 태우다가도 한번 자기 친한 이에게 발설하기 시작하면 맹렬히 소회[26]를 베푸는 것이라.

나는 가슴을 울렁거리며 안방에 건너왔다.

누님은 어머님 무릎에 머리를 파묻고 울며, 어머님은 누님의 등에다 이마를 대고 운다. 나도 한참 초연히 섰다가 어머님 곁에 앉았다. 어머님을 흔들며 목멘 소리로

"어머님, 우지 마셔요."

이 말을 마치자 가슴이 찌르르해지며 흐르는 눈물을 금할 길이 없었다. 어머님은 눈물을 삼키고 누님을 흔들며

"이 애 이 애, 그만 그쳐라."

누님은 더 섧게 운다.

"이 애, 남부끄럽다. 그만두어라. 오냐. 네 원대로 하마. 그도 한 번 다리고 오너라."

어머님은 그만 동곳을 빼었다.[27]

'여자가 수약이나 위모즉강[28]'이란 말은 어찌 생각하고 한 소리인고?

이틀 후 누님이 그를 데리고 왔다. 그의 곱상스러운 얼굴과 얌전한 거동이 당장 어머님의 사랑을 이끌었다. 참 내 딸의 짝이라 하였다. 애녀의 평생이 유탁하다 하였다. 단꿈이 꾸이리라 하였다. 기쁜 날이 오리라 하였다. 더구나 맑은 눈과 까만 눈썹이 내 딸과 흡사하다 하였다. 누님과 그가 영어로 말하는 양을 보고 뜻도 모르면서 웃으셨다. 재미스러운 딸의 장래 가정을 꿈꾸고 사랑스러운 외손자를 꿈꾸었다.

그 후부터는 남의 이목을 피해가며 몇 번이나 서로 맞추어서 길게 기다려 가지고 짧게 만나던 애인들은 자조로이 우리 집에서 만나 웃고 즐기게 되었다.

7

어떤 날 저녁에 그가 우리 집에 왔다. 그때 마침 어머님은 어디 가시고 나와 누님과 단둘이 있었다.

나는 와락 내달으며

"형님 오셔요?"

라고 반갑게 인사하였다. 누님도 반가이 맞으며

"요사이는 왜 오시지 안 하셔요?"

"아니, 내가 언제 왔는데."

하고 그는 지어서 웃는다.

누님은 눈을 스르르 감으며 무엇을 생각하는 듯하더니

"오늘이 칠월 초열흘이고, 초칠일이 공일이라…… 공일날 오시고 오늘 처음이지요?"

"그래요, 한 사흘밖에 더 되었어요?"

"사흘! 저는 한 삼 년이나 된 듯하였어요, 사흘 만에 한 번씩 만나? 멀어요! 퍽 멀구말구요! 사흘이 그다지 가까운 것 같습니까?"

하고 누님은 무엇을 찾는 듯이 그를 바라본다.

"사흘 만에 한 번씩 와도 장하지요."

하고 그는 또 웃는다.

"장해요! 사흘 동안에 제가 몇 번이나 문밖을 내다보는지 아서요? 저는 온갖 걱정을 다 했지요. 몸이나 편찮으신가, 꾸중이나 뙤셨는가?"

하고 목소리는 전성[29]을 띠어가며 눈에는 눈물이 괴어진다.

"저는 우리 일에 대하여 무슨 큰 걱정이나 생겼나 하고 얼마나 애간장을 태웠는지요!"

하고는 눈물이 그렁그렁 넘쳐흐른다.

"아니야요! 여하간 죄 없이 잘못하였습니다."

하고 그는 눈살을 찌푸리다가 선웃음을 치며

"어린애 모양으로 걸핏하면 울기는 왜 울어요? 저 동생 부끄럽지 않아요?(갑자기 어조를 야릇하게 변하며) 그런데 내가 어제도 올라카고 아레도 올라 켔지마는 올라 칼 때마다 동무가 찾아와서 올수가 있어야지."

울던 누님이 웃음을 띠었다. 나도 웃었다.

그는 대구 사람이다. 그의 부모는 아직도 대구에서 산다. 서울 있는 오촌 당숙 집에 그는 유숙[30]하고 있다. 그는 서울 온 지가 벌써 오륙 년이 지내었으므로 사투리는 거의 안 쓰게 되었으나 때때로 우리를 웃기려고 야릇한 말을 하였다.

"올라 카고, 갈라 카고."

흉내를 내며 나는 방바닥에 뚤뚤 굴러가며 웃었다. 그는 시치미를 뚝 떼고

"남 이야기하는데 웃기는 와 웃소? 갸 참 얄궂다."

하였다. 누님은 어떻게 웃었는지 얼굴이 붉어지고 배를 훔켜쥐고 숨찬 소리로

"그만두셔요. 그만 웃기셔요."

한참 동안 우리는 이렇게 웃고 즐기다가 나를 누님이 또 무슨 심부름을 시켰다! 무슨 심부름이던가 생각이 아니 난다. 그가 오기만 하면 누님이 무엇 좀 사 오너라, 어디 좀 갔다 오너라 하고 늘 나는 따돌렸다.

"에그, 누님도 왜 나를 늘 따돌려."

투덜투덜하면서 집을 나왔다. 반달은 비스듬히 푸른 하늘에 걸리어 있다. 만경창파에 외로이 떠나가는 일엽편주[31]와 같았다.

나 없는 동안에 그들이 무슨 이야기를 하는지를 듣고 싶어서 급히 오느라고 오는 것이 한 시간이나 넘어 걸리었다. 나는 벌써 엿듣기에 익숙하여 사뿐 중문에 들어서며 가만히 살펴보니 애인들은 달 비치는 월계화 나무 밑에 평상을 내어놓고 나란히 앉아서 무어라고 소곤거린다. 나는 숨소리도 크게 아니 쉬고 귀를 기울였

다.

"그러면 어째요? 어머님께서는 좀처럼 올라오시지 않을 것이고…… 왜 그러면 상서[32]로 이 사정을 못 아뢸 것이야 있어요?"

누님의 애타는 소리가 들린다.

"글쎄요, 몇 번이나 상서를 썼지만…… 부치지를 못하겠어요."

"만일 차일피일하다가 딴 데 혼인을 정해 놓으시면 어째요?"

"정해 놓아도 안 가면 그만이지요."

"그러면 어렵지 안 해요?"

"그런데 오촌 당숙 내외분은 아마 이 눈치를 아시는 것 같아요…… 네? 아마 그런 것 같아요, 그래서 집에 무슨 통기가 있었는지 할아버지께서 일간 올라오신대요."

"올라오시면 죄다 여쭙겠단 말씀이구려."

"글쎄요, 그런데…… 우리 할아버지는 참 호랑이 같은 어른이라…… 완고 완고 참 완고신데…… 나도 어찌 할 줄을 모르겠어요. 그래서 밤에 잠이 잘 오지 않아요."

하고 머리를 긁적긁적하고 눈살을 찡기더니 또 말을 이어

"오늘 또 아버지께서 하서[33]하셨는데 이번 울산 김승지 집에서 너를 선보러 간다니 행동을 단정히 하여라 하는 뜻입디다. 참 기막힐 일이야요."

하고 한숨을 내쉰다.

"부모님께 하루바삐 이 사정을 여쭙지 않으면 큰일 나겠습니다그려."

누님의 안타까운 소리가 들린다.

"여하한 꾸중을 보시더라도 장가를 못 가겠다 할 터이야요! 조

금도 걱정 마셔요."

그는 결심한 듯이 고개를 들며 단연히 말하였다.

밝은 달은 애태우는 양인의 가슴을 나는 몰라 하는 듯이 저리로 저리로 미끄러져 가며 더운 공기에 맑은 빛을 흩날린다. 월계화는 더욱 붉고 더욱 곱다. 진세[34]의 우수 고뇌를 나는 잊었노라 하는 것 같았다.

8

그 이튿날 일어난 누님의 얼굴은 해쓱하였다. 머리카락이 흩어질 대로 흩어진 것을 보아도 작야[35]에 잠을 못 이루어 몇 번이나 베개를 고쳐 벤 것을 가히 알러라. 누님이 사랑의 맛이 쓰고 떫은 것을 처음으로 맛보았도다! 행복의 해당화를 꺾으려면 가시가 손 찌르는 줄 비로소 알았도다.

하루 가고 이틀 가고 어느덧 일주일이 지내었건만 누님이 오늘이나 와서 호음[36]을 전해 줄까 내일이나 와서 희식을 알려 줄까 고대고대하는 그는 코끝도 보이지 않았다.(내가 학교를 가도 그를 볼 수 없었고 누님도 이때부터 심사가 산란하여 학교에 못 갔었다.)

이 동안에 누님은 어찌 애를 태웠던지 양협[37]에 고운 빛이 사라져 가고 눈언저리는 푸른 기를 띠고 들어갔다. 입술은 까뭇까뭇 타 들어가고 두 팔은 맥없이 늘어졌다.

일주일 되던 날 누님은 생각다 못하여 편지 한 장을 주며

"너 이 편지 가지고 그 댁에서 그가 있거든 전하고 못 보거든 도루 가지고 오너라."

하였다.

전일에 그를 따라 한번 그 집에 갔던 일이 있으므로 그 집을 자세히 알아두었다. 그 집 대문에 들어서니 행랑 사람도 없고 그가 있던 사랑문도 닫히어 있다.

안에서 기운찬 노인의 성난 말소리가 나의 귀를 울린다.

"이놈, 아직 학생이니 장가를 못 가겠다. 핑계야 좋지, 이놈 괘씸한 놈, 들으니 네가 어떤 여학생을 얻어 가지고 미쳐 날뛴다는 구나! 아니야요란 다 무엇이야, 부모가 들이는 장가는 학생이라 못 가겠고, 학생 신분으로 계집은 해도 관계찮으냐, 이놈 고약한 놈! 네 원대로 그 학교나 마치고 장가들일 것으로되 벌써 어린 놈이 못 견뎌서 여학생을 얻으니, 무엇을 얻으니 하니 그냥 두다간 네 신세를 망치고 가문을 더럽힐 터이야! 그래서 하로바삐 정혼하고 혼수까지 보내었는데 지금 와서 가느니 마느니 하면 어찌 하잔 말이냐. 암만 어린 놈의 소견이기로…… 그 집은 울산 일판[38]에 유명한 집안이라 재산도 있고 양반도 좋고…… 다 된 혼인을 이편에서 퇴혼하면 그 신부는 생과부로 늙으란 말이냐! 일부함원에 오월비상[39]이란 말도 못 들었어! 죽어도 못 가겠다. 허허, 이놈 박살할 놈! 조부모도 끊고 부모도 끊고 일가친척도 끊으려거든 네 마음대로 좀 해 보아라."

나는 이 말을 들으니 소름이 쭉 끼치었다. 한편으로는 분하기 짝이 없었다. 깨끗한 누님이 이다지 모욕을 당한 것이 절절이 분하였다. 곧 들어가 분풀이나 할 듯이 작은 눈을 홉뜨고[40] 고사리 같은 손을 불끈 쥐었다.

"허허 이놈, 괘씸한 놈! 에이 화나, 거기 내 두루막 내."

하는 노인의 우렁찬 소리가 또 들린다. 나는 간담이 서늘하였다.

그 노인이 신을 찍찍 끌고 이리로 나오는 것 같다. 나는 무서운 중이 나서 급히 달음박질하여 그 집을 나왔다.

9

그날 밤 어머님 잠드신 후 누님이 살짝 내게로 건너와서

"이 애, 너 본 대로 좀 이야기하여다고, 응?"

이 말을 하는 누님의 얼굴은 고뇌와 수괴[41]의 빛이 보인다. 어린 동생에게 애인의 말을 물어도 부끄러워하였다! 나는 입을 다물고 묵묵히 앉았었다. 차마 그 이야기를 할 수가 없었다.

"왜, 또 심술이 났니? 어서 이야기를 좀 하려무나. 편지를 도루 가지고 온 것을 보니 형님을 못 만났니? 만나도 못 전했니? 혹은 무슨 일이 났더냐? 남의 속 그만 태우고 어서 좀 이야기하여다고. 가련한 네 누이의 청이 아니냐."

이 말 소리는 애완 처량하였다. 나는 어린 가슴이 찌르는 듯하며 눈물이 넘쳐 나온다. 이다지 나에게 정다이 구는 누님의 가슴에 그리던 꿀 같은 장래가 물거품에 돌아가고 만 것이 슬펐음이라. 그리고 순결한 우리 누님이 그 노인에게 '어떻다'든가, '계집을 했다'든가 하는 더러운 소리를 들은 것이 이가 떨리었다.

나는 비분한 어조로 그 집에서 들은 것을 이야기하였다. 정신없이 듣고 있던 누님은 내 말이 끝나자 기운 없이 쓰러지며 이 이야기 들을 적부터 괴었던 눈물이 불덩이 같은 뺨을 쉬일 새 없이 줄줄 흘러내린다.

"누님! 누님!"

하고 나도 누님의 가슴에 안기며 울었다.

이럴 즈음에 누가 대문을 가벼이 흔들며 떨리는 소리로

"S씨! S씨! 주무셔요?"

한다. 누님은 이 소리를 듣고 얼른 일어났다. 애인의 음성은 이럴 때라도 잘 들리는 것이다. 나올 듯, 나올 듯한 울음을 입술로 꼭 다물어 막으며 급히 나갔다.

대문 소리가 나더니

"K씨! 오셔요?"

하며 우는 소리가 들린다. 나도 나갔다. 둘은 서로 붙들고 눈물비가 요란히 떨어진다. 누님이 울음 반 말 반으로

"저는 또다시…… 못…… 뵈올 줄…… 알았지요."

하였다. 그도 흑흑 느끼며

"다 내 잘못이야요."

하였다.

"저 까닭에 오늘 매우 꾸중을 뫼셨지요?"

"어떻게 알았어요?"

누님이 내가 편지를 가지고 그 집에 갔다가 내가 들은 이야기를 하였다. 그리고 우는 소리로

"좀 들어가셔요."

하였다.

"아니야요. 명일은 할아버지께서 꼭 다리고 가실 모양이야요. 지금 곧 멀리멀리 달아나려고 합니다. 그래서 이런 말이나 몇 마디 할 양으로 왔어요."

누님은 자기의 귀를 의심하는 듯이

"네? 멀리멀리 가셔요? 부모도 버리시고 형제도 버리시고 멀리

가셔요? 제 신세는 벌써 불쌍하게 되었습니다. 불쌍한 저 때문에 전정[42]이 구만 리 같은 당신을 또 불행하게 만들 것이야 무엇 있습니까? 절랑 영영히 잊으시고 부모님 말씀으로 장가드셔요. 장가드시는 이하고나 백 년이 다 진토록 정다운 짝이 되어 주셔요. 아들 낳고 딸 낳고…… 저의 모든 것을 바쳐도 당신이 행복되신다면 그만이 아니야요? 곧 당신의 기쁨이 제 기쁨이 아니야요? 당신의 행복이 제 행복이 아니야요? 한숨 쉬고 눈물 흘리면서도 당신의 행복의 그늘에서 웃어 볼까 합니다."

열정 찬 눈으로부터 하염없이 흘러내리는 눈물에 적막한 화용이 아롱진다.

"아아, S씨를 내 손으로 불행하게 만들고 나 혼자 행복을…… 사랑을 떠나 행복이 있을까요? 나에게 행복을 줄 S씨가 눈물바다에 허우적거릴 때 나 혼자 행복의 정상에서 나려다 보며 웃을 수가 있을까요? 없어요! S씨 없고는 나 혼자 행복을 누릴 수가 없어요!"

"제 불행은 제 손으로 맨든 것입니다. 그러나 우리가 오늘날 이렇게 된 것이 당신의 잘못도 아니고 저의 잘못도 아니야요. 그 묵고 썩은 관습이 우리를 이렇게 맨든 것입니다! 그러하지만 저 때문에 당신의 마음을 수란하게[43] 맨든 것 같아서 어떻게 가엾고 애달픈지 몰라요! 그런데 이 위에 더 당신을 영영히 불행하게 하겠어요. 당신이 행복되신다면 저는 오늘 죽어도 아깝잖아요."

"안 될 말씀입니다. 그런 말씀을 들을수록…… 기가 막혀요! 해야 늘 그 말이니까 길게 말할 것 없이 나는 가겠어요, S씨! 부디 안녕히!"

그는 흐르는 눈물을 씻으며 결심한 듯이 돌아서 가려 한다.

"K씨!"

안타까운 떠는 소리로 부르더니 북받쳐 나오는 울음이 말을 막는다. 그는 또 한 번 돌아다보고

"S씨! 부디 안녕히……"

말을 마치자 그는 떨어지지 않는 발길을 돌려 마음은 이리로 몸은 저리로 멀어간다…….

나는 심장을 누가 칼로 싹싹 에이는 것 같았다.

10

그 후 그는 어디로 갔는지 영영히 소식을 들을 수가 없고 누님은 시름시름 병들기 시작하여 날이 가고 달이 갈수록 병은 점점 깊어 온다.

이슬 젖은 연화같이 불그스름하던 얼굴이 청색 창경[44]에 비치는 이화처럼 해쓱하였다. 익어가는 임금[45]같이 혈색 좋던 살이 서리 맞은 황엽[46]처럼 배배 말라간다. 거슴츠레한 눈은 흰 눈물에 붉어졌다.

그러다가 차마 볼 수 없이 바싹 말라 버렸다. 마치 백골을 엷은 백지로 덮어 두고 물을 흠씬 품어 놓은 것같이 되고 말았다. 마침내 한강 얼음 얼고 남산에 눈 쌓일 제 누님은 그에게 한숨을 주고 눈물을 주던 이 세상을 떠나 버렸다.

아아, 사랑, 아 사랑의 불아! 네가 부드럽고 따뜻한 듯하므로 철없는 청춘들은 그의 연하고 부드러운 심장에 너를 보배만 여겨 강징난다. 잔인한 너는 그만 그 심장에다 불을 붙인다. 돌기둥 같

은 불길이 종작없이 오른다. 옥기[47]도 타 버리고, 홍안도 타 버리고 금심[48]도 타 버리고 수장[49]도 타 버린다! 방 안에 켰던 촛불 홀연히 꺼지거늘 웬일인가 살펴보니 초가 벌써 다 탔더라! 양협이 젖던 눈물 갑자기 마르거늘 무슨 연유 묻쟀더니 숨이 벌써 끊겼더라!

2부

운수 좋은 날

　새침하게 흐린 품이 눈이 올 듯하더니 눈은 아니 오고 얼다가 만 비가 추적추적 내리는 날이었다.

　이날이야말로 동소문 안에서 인력거꾼 노릇을 하는 김첨지에게는 오래간만에도 닥친 운수 좋은 날이었다. 문안에(거기도 문밖은 아니지만) 들어간답시는 앞집 마마님을 전찻길까지 모셔다 드린 것을 비롯으로 행여나 손님이 있을까 하고 정류장에서 어정어정하며 내리는 사람 하나하나에게 거의 비는 듯한 눈길을 보내고 있다가 마침내 교원인 듯한 양복쟁이를 동광학교까지 태워다 주기로 되었다.

　첫번에 삼십 전, 둘째 번에 오십 전—아침 댓바람에 그리 흉치 않은 일이었다. 그야말로 재수가 옴 붙어서 근 열흘 동안 돈 구경도 못한 김첨지는 십 전짜리 백동화 서 푼, 또는 다섯 푼이 찰깍하고 손바닥에 떨어질 제 거의 눈물을 흘릴 만큼 기뻤다. 더구나 이날 이때에 이 팔십 전이란 돈이 그에게 얼마나 유용한지 몰랐다. 컬컬한 목에 모주 한 잔도 적실 수 있거니와 그보다도 앓는 아내에게 설렁탕 한 그릇도 사다 줄 수 있음이다.

그의 아내가 기침으로 쿨룩거리기는 벌써 달포가 넘었다. 조밥도 굶기를 먹다시피 하는 형편이니 물론 약 한 첩 써 본 일이 없다. 구태여 쓰려면 못 쓸 바도 아니로되 그는 병이란 놈에게 약을 주어 보내면 재미를 붙여서 자꾸 온다는 자기의 신조에 어디까지 충실하였다. 따라서 의사에게 보인 적이 없으니 무슨 병인지는 알 수 없으되 반듯이 누워 가지고 일어나기는 새려[1] 모로도 못 눕는 것을 보면 중증은 중증인 듯. 병이 이토록 심해지기는 열흘 전에 조밥을 먹고 체한 때문이다. 그때도 김첨지가 오래간만에 돈을 얻어서 좁쌀 한 되와 십 전짜리 나무 한 단을 사다 주었더니, 김첨지의 말에 의지하면 그 오라질 년이 천방지축으로 냄비에 대고 끓였다. 마음은 급하고 불길은 달지 않아 채 익지도 않은 것을 그 오라질 년이 숟가락은 고만두고 손으로 움켜서 두 뺨에 주먹덩이 같은 혹이 불거지도록 누가 빼앗을 듯이 처박질하더니만 그날 저녁부터 가슴이 땅긴다, 배가 켕긴다고 눈을 홉뜨고 지랄병을 하였다. 그때 김첨지는 열화와 같이 성을 내며

"에이 오라질 년, 조랑복[2]은 할 수가 없어, 못 먹어 병, 먹어서 병! 어쩌란 말이야. 왜 눈을 바루 뜨지 못해!"

하고 김첨지는 앓는 이의 뺨을 한 번 후려갈겼다. 홉뜬 눈은 조금 바루어졌건만 이슬이 맺히었다. 김첨지의 눈시울도 뜨끈뜨끈한 듯하였다.

이 환자가 그러고도 먹는 데는 물리지 않았다. 사흘 전부터 설

렁탕 국물이 마시고 싶다고 남편을 졸랐다.

"이런 오라질 년! 조밥도 못 먹는 년이 설렁탕은, 또 처먹고 지
랄병을 하게."
라고 야단을 쳐 보았건만 못 사 주는 마음이 시원치는 않았다.

인제 설렁탕을 사 줄 수도 있다. 앓는 어미 곁에서 배고파 보채
는 개똥이(세 살먹이)에게 죽을 사줄 수도 있다—팔십 전을 손에
쥔 김첨지의 마음은 푼푼하였다.[3]

그러나 그의 행운은 그걸로 그치지 않았다. 땀과 빗물이 섞여
흐르는 목덜미를 기름 주머니가 다 된 왜목 수건으로 닦으며 그 학
교 문을 돌아 나올 때였다. 뒤에서 '인력거!' 하고 부르는 소리가 난
다. 자기를 불러 멈춘 사람이 그 학교 학생인 줄 김첨지는 한 번
보고 짐작할 수 있었다. 그 학생은 다짜고짜로

"남대문 정거장까지 얼마요?"
라고 물었다. 아마도 그 학교 기숙사에 있는 이로 동기방학을 이
용하여 귀향하려 함이리라. 오늘 가기로 작정은 하였건만 비는 오
고 짐은 있고 해서 어찌할 줄 모르다가 마침 김첨지를 보고 뛰어나
왔음이리라. 그렇지 않으면 왜 구두를 채 신지도 못해서 질질 끌고
비록 고구라[4] 양복일망정 노박이[5]로 비를 맞으며 김첨지를 뒤쫓아
나왔으랴.

"남대문 정거장까지 말씀입니까?"
하고 김첨지는 잠깐 주저하였다. 그는 이 우중에 우장도 없이 그
먼 곳을 철벅거리고 가기가 싫었음일까? 처음 것 둘째 것으로 그
만 만족하였음일까? 아니다, 결코 아니다. 이상하게도 꼬리를 맞물
고 덤비는 이 행운 앞에 조금 겁이 났음이다. 그러고 집을 나올 제

아내의 부탁이 마음에 켕기었다— 앞집 마마한테서 부르러 왔을 제 병인은 그 뼈만 남은 얼굴에 유일의 생물 같은, 유달리 크고 움푹한 눈에 애걸하는 빛을 띠며

"오늘은 나가지 말아요. 제발 덕분에 집에 붙어 있어요. 내가 이렇게 아픈데……."

라고 모깃소리같이 중얼거리고 숨을 거르렁거르렁하였다. 그때에 김첨지는 대수롭지 않은 듯이

"압다, 젠장맞을 년, 별 빌어먹을 소리를 다 하네. 맞붙들고 앉았으면 누가 먹여 살릴 줄 알아."

하고 훌쩍 뛰어나오려니까 환자는 붙잡을 듯이 팔을 내저으며

"나가지 말라도 그래. 그러면 일찍이 들어와요."

하고 목메인 소리가 뒤를 따랐다.

정거장까지 가잔 말을 들은 순간에 경련적으로 떠는 손, 유달리 큼직한 눈, 울 듯한 아내의 얼굴이 김첨지의 눈앞에 어른어른하였다.

"그래, 남대문 정거장까지 얼마란 말이오?"

하고 학생은 초조한 듯이 인력거꾼의 얼굴을 바라보며 혼잣말같이

"인천 차가 열한 점에 있고 그다음에는 새로 두 점이던가?"

라고 중얼거린다.

"일 원 오십 전만 줍시오."

이 말이 저도 모를 사이에 불쑥 김첨지의 입에서 떨어졌다. 제 입으로 부르고도 스스로 그 엄청난 돈 액수에 놀랐다. 한꺼번에 이런 금액을 불러라도 본 지가 그 얼마 만인가! 그러자 그 돈 벌 욕기가 병자에 대한 염려를 사르고 말았다. 설마 오늘 내로 어쩌랴

운수 좋은 날 81

싶었다. 무슨 일이 있더라도 제일 제이의 행운을 값친 것보다도 오히려 곱절이 많은 이 행운을 놓칠 수 없다 하였다.

"일 원 오십 전은 너무 과한데."

이런 말을 하며 학생은 고개를 기웃하였다.

"아니올시다. 이수로 치면 여기서 거기가 시오 리가 넘는답니다. 또 이런 진날은 좀 더 주셔야지요."

하고 빙글빙글 웃는 차부의 얼굴에는 숨길 수 없는 기쁨이 넘쳐흘렀다.

"그러면 달라는 대로 줄 터이니 빨리 가요."

관대한 어린 손님은 이런 말을 남기고 총총히 옷도 입고 짐도 챙기러 제 갈 데로 갔다.

그 학생을 태우고 나선 김첨지의 다리는 이상하게 거뿐하였다. 달음질을 한다느니보다 거의 나는 듯하였다. 바퀴도 어떻게 속히 도는지 구른다느니보다 마치 얼음을 지쳐 나가는 스케이트 모양으로 미끄러져 가는 듯하였다. 언 땅에 비가 내려 미끄럽기도 하였지만.

이윽고 끄는 이의 다리는 무거워졌다. 자기 집 가까이 다다른 까닭이다. 새삼스러운 염려가 그의 가슴을 눌렀다.

"오늘은 나가지 말아요. 내가 이렇게 아픈데!"

이런 말이 잉잉 그의 귀에 울렸다. 그리고 병자의 움쑥 들어간 눈이 원망하는 듯이 자기를 노리는 듯하였다. 그러자 엉엉 하고 우는 개똥이의 곡성을 들은 듯싶다. 딸꾹 딸꾹하고 숨 모으는 소리도 나는 듯싶다…….

"왜 이러우? 기차 놓치겠구먼."

하고 탄 이의 초조한 부르짖음이 간신히 그의 귀에 들어왔다. 언뜻 깨달으니 김첨지는 인력거 채를 쥔 채 길 한복판에 엉거주춤 멈춰 있지 않은가.

"예예."

하고 김첨지는 또다시 달음질하였다. 집이 차차 멀어갈수록 김첨지의 걸음에는 다시금 신이 나기 시작하였다. 다리를 재게 놀려야만 쉴 새 없이 자기의 머리에 떠오르는 모든 근심과 걱정을 잊을 듯이.

정거장까지 끌어다 주고 그 깜짝 놀란 일 원 오십 전을 정말 제 손에 쥐매, 제 말마따나 십 리나 되는 길을 비를 맞아가며 질퍽거리고 온 생각은 아니하고 거저나 얻은 듯이 고마웠다. 졸부나 된 듯이 기뻤다. 제 자식뻘밖에 안 되는 어린 손님에게 몇 번 허리를 굽히며

"안녕히 다녀오십시오."

라고 깍듯이 재우쳤다.

그러나 빈 인력거를 털털거리며 이 우중에 돌아갈 일이 꿈밖이었다. 노동으로 하여 흐른 땀이 식어지자 굶주린 창자에서, 물 흐르는 옷에서 어슬어슬 한기가 솟아나기 비롯하매 일 원 오십 전이란 돈이 얼마나 괴치 않고 괴로운 것인 줄 절절히 느끼었다. 정거장을 떠나가는 그의 발길은 힘 하나 없었다. 온몸이 옹송그려지며 당장 그 자리에 엎어져 못 일어날 것 같았다.

"젠장맞을 것, 이 비를 맞으며 빈 인력거를 덜덜거리고 돌아를 간담? 이런 빌어먹을, 제 할미를 붙을 비가 왜 남의 상판을 딱딱 따려!"

그는 몹시 화증을 내며 누구에게 반항이나 하는 듯이 게걸거렸다. 그럴 즈음에 그의 머리엔 또 새로운 광명이 비쳤나니 그것은

'이러구 갈 게 아니라 이 근처를 빙빙 돌며 차 오기를 기다리면 또 손님을 태우게 되는지도 몰라.'

란 생각이었다. 오늘은 운수가 괴상하게도 좋으니까 그런 요행이 또 한 번 없으리라고 누가 보증하랴. 꼬리를 굴리는 행운이 꼭 자기를 기다리고 있다고 내기를 해도 좋을 만한 믿음을 얻게 되었다. 그렇다고 정거장 인력거꾼의 등쌀이 무서우니 정거장 앞에 섰을 수는 없었다. 그래 그는 이전에도 여러 번 해 본 일이라 바로 정거장 앞 전차 정류장에서 조금 떨어지게, 사람 다니는 길과 전찻길 틈에 인력거를 세워 놓고 자기는 그 근처를 빙빙 돌며 형세를 관망하기로 하였다.

얼마 만에 기차는 왔고 수십 명이나 되는 손이 정류장으로 쏟아져 나왔다. 그중에서 손님을 물색하는 김첨지의 눈엔 양머리에 뒤축 높은 구두를 신고 망토까지 두른 기생 퇴물인 듯 난봉 여학생인 듯한 여편네의 모양이 띄었다. 그는 슬근슬근 그 여자의 곁으로 다가들었다.

"아씨, 인력거 아니 타시랍시오?"

그 여학생인지 뭔지가 한참은 매우 태깔을 빼며 입술을 꼭 다문 채 김첨지를 거들떠보지도 않았다. 김첨지는 구걸하는 거지나 무엇같이 연해연방 그의 기색을 살피며

"아씨, 정거장 애들보다 아주 싸게 모셔다 드리겠습니다. 댁이 어데신가요?"

하고 추근추근하게 그 여자의 들고 있는 일본식 버들고리짝에 제

손을 대었다.

"왜 이래. 남 귀치않게."

소리를 벽력같이 지르고는 돌아선다. 김첨지는 어랍시오 하고 물러섰다.

전차가 왔다. 김첨지는 원망스럽게 전차 타는 이를 노리고 있었다. 그러나 그의 예감은 틀리지 않았다. 전차가 빡빡하게 사람을 싣고 움직이기 시작하였을 제 타고 남은 손 하나가 있었다. 굉장하게 큰 가방을 들고 있는 걸 보면 아마 붐비는 차 안에 짐이 크다 하여 차장에게 밀려 내려온 눈치였다. 김첨지는 대어 섰다.

"인력거를 타시랍시오?"

한동안 값으로 승강이를 하다가 육십 전에 인사동까지 태워다 주기로 하였다. 인력거가 무거워지며 그의 몸은 이상하게도 가벼워졌다. 그러고 또 인력거가 가벼워지니 몸은 다시금 무거워졌건만 이번에는 마음조차 초조해 온다. 집의 광경이 자꾸 눈앞에 어른거려 인제 요행을 바랄 여유도 없었다. 나뭇등걸이나 무엇 같고 제 것 같지도 않은 다리를 연해 꾸짖으며 갈팡질팡 뛰는 수밖에 없었다.

'저놈의 인력거꾼이 저렇게 술이 취해 가지고 이 진 땅에 어찌 가노?'

라고 길 가는 사람이 걱정을 하리만큼 그의 걸음은 황급하였다. 흐리고 비 오는 하늘은 어둠침침하게 벌써 황혼에 가까운 듯하다. 창경원 앞까지 다다라서야 그는 턱에 닿은 숨을 돌리고 걸음도 늦추잡았다. 한 걸음 두 걸음 집이 가까워 갈수록 그의 마음조차 괴상하게 누그러웠다. 그런데 그 누그러움은 안심에서 오는 게 아니요 자기를 덮친 무서운 불행을 빈틈없이 알게 될 때가 박두한 것을 두려워하는 마음에서 오는 것이다. 그는 불행에 다닥치기 전 시간을 얼마쯤이라도 늘이려고 버르적거렸다. 기적에 가까운 벌이를 하였다는 기쁨을 할 수 있으면 오래 지니고 싶었다. 그는 두리번두리번 사면을 살피었다. 그 모양은 마치 자기 집— 곧 불행을 향하고 달려가는 제 다리를 제 힘으로는 도저히 어찌할 수가 없으니 누구든지 나를 좀 잡아다고, 구해다고 하는 듯하였다.

그럴 즈음에 마침 길가 선술집에서 그의 친구 치삼이가 나온다. 그의 우글우글 살찐 얼굴에 주흥이 돋는 듯, 온 턱과 뺨을 시커멓게 구레나룻이 덮였거든, 노르탱탱한 얼굴이 바짝 말라서 여기저기 고랑이 파이고 수염도 있대야 턱밑에만 마치 솔잎 송이를 거꾸로 붙여 놓은 듯한 김첨지의 풍채하고는 기이한 대상을 짓고 있었다.

"여보게, 김첨지. 자네 문안 들어갔다 오는 모양일세그려. 돈 많이 벌었을 테니 한잔 빨리게."

뚱뚱보는 말라깽이를 보던 말에 부르짖었다. 그 목소리는 몸집과 딴판으로 연하고 쌀쌀하였다. 김첨지는 이 친구를 만난 게 어떻게 반가운지 몰랐다. 자기를 살려 준 은인이나 무엇같이 고맙기도 하였다.

"자네는 벌써 한잔한 모양일세그려. 자네도 오늘 재미가 좋아 보이."

하고 김첨지는 얼굴을 펴서 웃었다.

"압다, 재미 안 좋다고 술 못 먹을 낸가? 그런데 여보게, 자네 왼몸이 어째 물독에 빠진 새앙쥐 같은가? 어서 이리 들어와 말리게."

선술집은 훈훈하고 뜻뜻하였다. 추어탕을 끓이는 솥뚜껑을 열 적마다 뭉게뭉게 떠오르는 흰 김, 석쇠에서 뻐지짓뻐지짓 구워지는 너비아니, 굴이며 제육이며 간이며 콩팥이며 북어며 빈대떡…… 이 너저분하게 늘어놓은 안주 탁자, 김첨지는 갑자기 속이 쓰려서 견딜 수 없었다. 마음대로 할 양이면 거기 있는 모든 먹음먹이를 모조리 깡그리 집어삼켜도 시원치 않았다. 하되 배고픈 이는 위선 분량 많은 빈대떡 두 개를 쪼이기로 하고 추어탕을 한 그릇 청하였다. 주린 창자는 음식 맛을 보더니 더욱더욱 비어지며 자꾸자꾸 들이라 들이라 하였다. 순식간에 두부와 미꾸라지 든 국 한 그릇을 그냥 물같이 들이키고 말았다. 셋째 그릇을 받아 들었을 제 덥히던 막걸리 곱빼기 두 잔이 데워졌다. 치삼이와 같이 마시자 원원이[6] 비었던 속이라 찌르르 하고 창자에 퍼지며 얼굴이 화끈하였다. 눌러 곱빼기 한 잔을 또 마셨다.

김첨지의 눈은 벌써 개개풀리기 시작하였다. 석쇠에 얹힌 떡 두 개를 숭덩숭덩 썰어서 볼을 불룩거리며 또 곱빼기 두 잔을 부어라 하였다.

치삼은 의아한 듯이 김첨지를 보며

"여보게, 또 붓다니, 벌써 우리가 넉 잔씩 먹었네, 돈이 사십 전일세."

라고 주의시켰다.

"아따 이놈아, 사십 전이 그리 끔찍하냐? 오늘 내가 돈을 막 벌었어. 참 오늘 운수가 좋았느니."

"그래 얼마를 벌었단 말인가?"

"삼십 원을 벌었어, 삼십 원을! 이런 젠장맞을, 술을 왜 안 부어? 괜찮다 괜찮아, 막 먹어도 상관이 없어. 오늘 돈 산더미 같이 벌었는데."

"어, 이 사람 취했군, 고만두세."

"이놈아, 그걸 먹고 취할 내냐? 어서 더 먹어."

하고는 치삼의 귀를 잡아치며 취한 이는 부르짖었다. 그리고 술을 붓는 열오륙 세 됨 직한 중대가리에게로 달려들며

"이놈, 오라질 놈, 왜 술을 붓지 않어?"

라고 야단을 쳤다. 중대가리는 희희 웃고 치삼을 보며 문의하는 듯이 눈짓을 하였다. 주정꾼이 이 눈치를 알아보고 화를 버럭 내며

"네미를 붙을 이 오라질 놈들 같으니. 이놈, 내가 돈이 없을 줄 알고."

하자마자 허리춤을 훔칫훔칫하더니 일 원짜리 한 장을 꺼내어 중대가리 앞에 펄쩍 집어던졌다. 그 사품에 몇 푼 은전이 잘그랑하며 떨어진다.

"여보게 돈 떨어졌네. 왜 돈을 막 끼얹나?"

이런 말을 하며 치삼은 일변 돈을 줍는다. 김첨지는 취한 중에도 돈의 거처를 살피려는 듯이 눈을 크게 떠서 땅을 내려 보다가 불시에 제 하는 짓이 너무 더럽다는 듯이 고개를 소스라치자 더욱 성을 내며

"봐라 봐! 이 더러운 놈들아! 내가 돈이 없나. 다리 뼉다구를 꺾어 놓을 놈들 같으니."

하고 치삼의 주워 주는 돈을 받아

"이 원수엣 돈! 이 육시를 할 돈!"

하면서 팔매질을 친다. 벽에 맞아 떨어진 돈은 다시 술 끓이는 양 푼에 떨어지며 정당한 매를 맞는다는 듯이 쨍 하고 울었다.

곱빼기 두 잔은 또 부어질 겨를도 없이 말려 가고 말았다. 김첨 지는 입술과 수염에 붙은 술을 빨아들이고 나서 매우 만족한 듯이 그 솔잎 송이 수염을 쓰다듬으며

"또 부어, 또 부어."

라고 외쳤다.

또 한 잔 먹고 나서 김첨지는 치삼의 어깨를 치며 문득 깔깔 웃는다. 그 웃음소리가 어떻게 컸던지 술집에 있는 이의 눈은 모두 김첨지에게로 몰리었다. 웃는 이는 더욱 웃으며

"여보게 치삼이, 내 우스운 이야기 하나 할까? 오늘 손을 태우고 정거장에 가지 않았겠나?"

"그래서?"

"갔다가 그저 오기가 안됐데그려. 그래 전차 정류장에서 어름어름하며 손님 하나를 태울 궁리를 하지 않았나? 거기 마침 마마님이신지 여학생님이신지(요새야 어데 논다니와 아가씨를 구별할 수 있던가.) 망토를 잡수시고 비를 맞고 서 있겠지. 슬근슬근 가까이 가서 인력거 타시랍시오 하고 손가방을 받으려니까 내 손을 탁 뿌리치고 빽 돌아서더만 '왜 남을 이렇게 귀찮게 굴어!' 그 소리야말로 꾀꼬리 소리지, 허허."

김첨지는 교묘하게도 정말 꾀꼬리 같은 소리를 내었다. 모든 사람은 일시에 웃었다.

"빌어먹을 깍쟁이 같은 년, 누가 저를 어쩌나. '왜 남을 귀찮게

굴어!' 어이구 소리가 체신도 없지, 허허."

웃음소리들은 높아졌다. 그러나 그 웃음소리들이 사라지기 전에 김첨지는 훌쩍훌쩍 울기 시작하였다.

치삼은 어이없이 주정뱅이를 바라보며

"금방 웃고 지랄을 하더니 우는 건 또 무슨 일인가?"

김첨지는 연해 코를 들여마시며

"우리 마누라가 죽었다네."

"뭐, 마누라가 죽다니, 언제?"

"이놈아 언제는, 오늘이지."

"에끼 미친놈, 거짓말 말아."

"거짓말은 왜? 참말로 죽었어, 참말로…… 마누라 시체를 집에 뻐들쳐놓고 내가 술을 먹다니, 내가 죽일 놈이야, 죽일 놈이야."
하고 김첨지는 엉엉 소리를 내어 운다.

치삼을 흥이 조금 깨어지는 얼굴로

"원 이사람이, 참말을 하나 거짓말을 하나? 그러면 집으로 가세, 가."
하고 우는 이의 팔을 잡아당기었다.

치삼의 잡는 손을 뿌리치더니 김첨지는 눈물이 글썽글썽한 눈으로 싱그레 웃는다.

"죽기는 누가 죽어?"
하고 득의가 양양.

"죽기는 왜 죽어? 생때같이 살아만 있단다. 그 오라질 년이 밥을 죽이지. 인제 나한테 속았다, 인제 나한테 속았다."
하고 어린애 모양으로 손뼉을 치며 웃는다.

"이 사람이 정말 미쳤단 말인가? 나도 아주먼네가 앓는단 말은 들었는데."

하고 치삼이도 어느 불안을 느끼는 듯이 김첨지에게 또 돌아가라고 권하였다.

"안 죽었어. 안 죽었대도 그래."

김첨지는 화증을 내며 확신 있게 소리를 질렀으되 그 소리엔 안 죽은 것을 믿으려고 애쓰는 가락이 있었다. 기어이 일 원어치를 채워서 곱빼기 한 잔씩 더 먹고 나왔다. 궂은 비는 의연히 추적추적 내린다.

김첨지는 취중에도 설렁탕을 사 가지고 집에 다다랐다. 집이라 해도 물론 셋집이요 또 집 전체를 세 든 게 아니라 안과 뚝 떨어진 행랑방 한 칸을 빌려 든 것인데 물을 길어 대고 한 달에 일 원씩 내는 터이다. 만일 김첨지가 주기를 띠지 않았던들 한 발을 대문 안에 들여놓았을 제 그곳을 지배하는 무시무시한 정적—폭풍우가 지나간 뒤의 바다 같은 정적에 다리가 떨리었으리라. 쿨룩거리는 기침 소리도 들을 수 없다. 그르렁거리는 숨소리조차 들을 수 없다. 다만 이 무덤 같은 침묵을 깨뜨리는—깨뜨린다느니보다 한층 더 침묵을 깊게 하고 불길하게 하는 빡빡 하는 그윽한 소리, 어린애의 젖 빠는 소리가 날 뿐이다. 만일 청각이 예민한 이 같으면 그 빡빡 소리는 빨 따름이요 꿀떡꿀떡 하고 젖 넘어가는 소리가 없으니 빈 젖을 빤다는 것도 짐작할는지 모르리라.

혹은 김첨지도 이 불길한 침묵은 짐작했는지도 모른다. 그렇지 않으면 대문에 들어서자마자 전에 없이

"이 난장 맞을 년, 남편이 들어오는데 나와 보지도 안 해. 이 오라질 년!"

이라고 고함을 친 게 수상하다. 이 고함이야말로 제 몸을 엄습해 오는 무시무시한 증을 쫓아 버리려는 허장성세인 까닭이다.

하여간 김첨지는 방문을 왈칵 열었다. 구역을 나게 하는 추기[7]— 떨어진 삿자리[8] 밑에서 올라온 먼지내, 빨지 않은 기저귀에서 나는 똥내와 오줌내, 가지각색 때가 켜켜이 앉은 옷내, 병인의 땀 썩은 내가 섞인 추기가 무딘 김첨지의 코를 찔렀다.

방 안에 들어서며 설렁탕을 한구석에 놓을 사이도 없이 주정꾼은 목청을 있는 대로 다 내어 호통을 쳤다.

"이런 오라질 년, 주야장천 누워만 있으면 제일이야. 남편이 와도 일어나지를 못해!"

라고 소리와 함께 발길로 누운 이의 다리를 몹시 찼다. 그러나 발길에 차이는 건 사람의 살이 아니고 나무등걸과 같은 느낌이 있었다. 이때에 빡빡 소리가 응아 소리로 변하였다. 개똥이가 물었던 젖을 빼어 놓고 운다. 운대도 온 얼굴을 찡그려 붙여서 운다는 표정을 할 뿐이다. 응아 소리도 입에서 나는 것이 아니고 마치 뱃속에서 나는 듯하였다. 울다가 목도 잠겼고 또 울 기운조차 시진한[9] 것 같다. 발로 차도 그 보람이 없는 걸 보자 남편은 아내의 머리맡으로 달려들어 그야말로 까치집 같은 환자의 머리를 꺼들어 흔들며,

"이년아, 말을 해, 말을! 입이 붙었어? 이 오라질 년!"

"……."

"으응, 이것 봐, 아무 말이 없네."

"······."

"이년아, 죽었단 말이냐, 왜 말이 없어?"

"······."

"으응, 또 대답이 없네. 정말 죽었나 버이."

이러다가 누운 이의 흰 창이 검은 창을 덮은, 위로 치뜬 눈을 알아보자마자

"이 눈깔! 이 눈깔! 왜 나를 바라보지 못하고 천장만 보느냐? 응."

하는 말끝에 목이 메이었다. 그러자 산 사람의 눈에서 떨어진 닭의 똥 같은 눈물이 죽은 이의 뻣뻣한 얼굴을 어룽어룽 적신다. 문득 김첨지는 미친 듯이 제 얼굴을 죽은 이의 얼굴에 한데 비비대며 중얼거렸다.

"설렁탕을 사다 놓았는데 왜 먹지를 못하니, 왜 먹지를 못하니? 괴상하게도 오늘은 운수가 좋더니만······."

B사감과 러브 레터

C여학교에서 교원 겸 기숙사 사감 노릇을 하는 B여사라면 딱장대[1]요 독신주의자요, 찰진 야소꾼[2]으로 유명하다. 사십에 가까운 노처녀인 그는 주근깨투성이 얼굴이 처녀다운 맛이란 약에 쓰려도 찾을 수 없을 뿐인가, 시들고 거칠고 마르고 누렇게 뜬 품이 곰팡슨 굴비를 생각나게 한다.

여러 겹 주름이 잡힌 훨렁 벗어진 이마라든지 숱이 적어서 법대로 쪽 찌거나 틀어 올리지를 못하고 엉성하게 그냥 빗겨 넘긴 머리, 꼬리가 뒤통수에 염소 똥만 하게 붙은 것이라든지, 벌써 늙어가는 자취를 감출 길이 없었다. 뾰족한 입을 앙다물고 돋보기 너머로 쌀쌀한 눈이 노릴 때엔 기숙생들이 오싹하고 몸서리를 치리만큼 그는 엄격하고 매서웠다.

이 B여사가 질겁을 하다시피 싫어하고 미워하는 것은 소위 '러브 레터'였다. 여학교 기숙사라면 의례히 그런 편지가 많이 오는 것이지만 학교로도 유명하고 또 아름다운 여학생이 많은 탓인지 모르되 하루에도 몇 장씩 죽느니 사느니 하는 사랑타령이 날아 들어왔었다. 기숙생에게 오는 사신을 일일이 검사하는 터이니까 그따위 편지도 물론 B여사의 손에 떨어진다. 달착지근한 사연을 보는 족족 그는 더할 수 없이 흥분되어서 얼굴이 붉으락푸르락 편지 든 손이 발발 떨리도록 성을 낸다.

아무 까닭 없이 그런 편지를 받은 학생이야말로 큰 재변이었다. 하학하기가 무섭게 그 학생은 사감실로 불리어 간다. 분해서 못 견디겠다는 사람 모양으로 씨근쌔근하며 방 안을 왔다 갔다 하던 그는, 들어오는 학생을 잡아먹을 듯이 노리면서 한 걸음 두 걸음 코가 맞닿을 만큼 바싹 다가들어서 딱 마주 선다. 웬 영문인지 알지 못하면서도 선생의 기색을 살피고 겁부터 집어먹은 학생은 한동안 어쩔 줄 모르다가 간신히 모기만 한 소리로

"저를 부르셨어요?"

하고 묻는다.

"그래 불렀다. 왜!"

팍 무는 듯이 한마디 하고 나서 매우 못마땅한 것처럼 교의를 우당퉁탕 당겨서 철썩 주저앉았다가 학생이 그저 서 있는 걸 보면

"장승이냐? 왜 앉지를 못해!"

하고 또 소리를 빽 지르는 법이었다.

스승과 제자는 조그마한 책상 하나를 새에 두고 마주 앉는다. 앉은 뒤에도

"네 죄상을 네가 알지!"

하는 것처럼 아무 말 없이 눈살을 쏘기만 하다가 한참 만에야 그

편지를 끄집어내어 학생의 코앞에 동댕이를 치며

　"이건 누구한테 오는 거냐?"

하고 문초를 시작한다. 앞장에 제 이름이 쓰였는지라

　"저한테 온 것이야요."

하고 대답 않을 수 없다. 그러면 발신인이 누구인 것을 채쳐 묻는다.

　그런 편지의 항용[3]으로 발신인의 성명이 똑똑치 않기 때문에 주저주저하다가 자세히 알 수 없다고 내대일 양이면

　"너한테 오는 것을 네가 모른단 말이냐?"

고 불호령을 내린 뒤에 또 사연을 읽어 보라 하여 무심한 학생이 나직나직하나마 꿀 같은 구절을 입술에 올리면 B여사의 역정은 더욱 심해져서 어느 놈의 소위인 것을 기어이 알려 한다. 기실 보도 듣도 못한 남성의 한 노릇이요 자기에게는 아무 죄도 없는 것을 변명변명하여도 곧이듣지를 않는다. 바른대로 아뢰어야 망정이지 그렇지 않으면 퇴학을 시킨다는 둥, 제 이름도 모르는 여자에게 편지할 리가 만무하다는 둥, 필연 행실이 부정한 일이 있었으리라는 둥…… 하다못해 어디서 한번 만나기라도 하였을 테니 어찌해서 남자와 접촉을 하게 되었느냐는 둥, 자칫 잘못하여 학교에서 주최한 음악회나 '바자'에서 '혹' 보았는지 모른다고 졸리다 못해 주워댈 것 같으면 사내의 보는 눈이 어떻더냐, 표정이 어떻더냐, 무슨 말을 건네더냐, 미주알고주알 캐고 파며 으르고 볶아서 넉넉히 십년감수는 시킨다.

　두 시간이 넘도록 문초를 한 끝에는 사내란 믿지 못할 것, 우리 여성을 잡아먹으려는 마귀인 것, 연애가 자유이니 신성이니 하

는 것도 모두 악마의 지어낸 소리인 것을 입에 침이 없이 열에 띠어서 한참 설법을 하다가 닦지도 않은 방바닥(침대를 쓰기 때문에 방이라 해도 마룻바닥이다.)에 그대로 무릎을 꿇고 기도를 올린다. 눈에 눈물까지 글썽거리면서 말끝마다 하느님 아버지를 찾아서 악마의 유혹에 떨어지려는 어린 양을 구해 달라고 뒤삶고 곱삶는 법이었다.

그리고 둘째로 그의 싫어하는 것은 기숙생을 남자가 면회하러 오는 일이었다. 무슨 핑계를 하든지 기어이 못 보게 하고 만다. 친부모, 친동기 간이라도 규칙이 어떠니 상학 중이니 무슨 핑계를 하든지 따돌려 보내기가 일쑤다. 이로 말미암아 학생이 동맹 휴학을 하였고 교장의 설유[4]까지 들었건만 그래도 그 버릇은 고치려 들지 않았다.

이 B사감이 감독하는 그 기숙사에 금년 가을 들어서 괴상한 일이 생겼다. 아니 괴상한 일이 '생겼다'느니보다 '발각되었다'는 것이 마땅할는지 모르리라. 왜 그런고 하면 그 괴상한 일이 언제 '시작된' 것은 귀신밖에 모르니까.

그것은 다른 일이 아니라 밤이 깊어서 새로 한 점이 되어 모든 기숙생들이 달고 곤한 잠에 떨어졌을 제 난데없는 깔깔대는 웃음과 속살속살하는 말낱이 새어 흐르는 일이었다. 하룻밤이 아니고 이틀 밤이 아닌 다음에야 그런 소리가 잠귀 밝은 기숙생의 귀에 들리기도 하였지만, 자던 잠결이라 뒷동산에 구르는 마른 잎의 노래로나 달빛에 날개를 번뜩이며 울고 가는 기러기의 소리로나 흘려 들었다. 그렇지 않으면 도깨비의 장난이나 아닌가 하여 무시무시한 증이 들어서 동무를 깨웠다가 좀처럼 동무는 깨지 않고 제 생각이 너무도 어림없고 어이없음을 깨달으면, 밤소리 멀리 들린다고 학교 이웃집에서 이야기를 하거나 또는 딴 방에 자는 제 동무들의 잠꼬대로만 여겨서 스스로 안심하고 그대로 자 버리기도 하였다.

그러나 이 수수께끼가 풀릴 때는 왔다. 어쩨 공교롭게 한방에 자던 학생 셋이 한꺼번에 잠을 깨었다. 첫째 처녀가 소변을 보려 일어났다가 그 소리를 듣고 둘째 처녀와 셋째 처녀를 깨우고 만 것이다.

"저 소리를 들어 보아요. 아닌 밤중에 저게 무슨 소리야?"
하고 첫째 처녀는 호동그래진 눈에 무서워하는 빛을 띤다.

"어젯밤에 나도 저 소리에 놀랬어. 도깨비가 났단 말인가?"
하고 둘째 처녀도 잠 오는 눈을 비비며 수상해한다. 그중에 제일 나이가 많을 뿐더러(많았자 열여덟밖에 아니 되지만) 장난 잘 치고 짓궂은 짓 잘하기로 유명한 셋째 처녀는 동무 말을 못 믿겠다는 듯이 이윽히 귀를 기울이다가

"딴은 수상한걸. 나도 언젠가 한번 들어 본 법도 하구먼. 뭘 잠 아니 오는 애들이 이야기를 하는 게지."

이때에 그 괴상한 소리는 땍때굴 웃었다. 세 처녀는 으쓱하며 귀를 소스라쳤다. 적적한 밤 가운데 다른 파동 없는 공기는 그 수상한 말낱을 곁에서나 나는 듯이 또렷또렷 전해 주었다.

"오, 태훈 씨! 그러면 작히 좋을까요?"
간드러진 여자의 목소리다.

"경숙 씨가 좋으시다면 내야 얼마나 기쁘겠습니까? 아아, 오직 경숙 씨에게 바친 나의 타는 듯한 가슴을 인제야 아셨습니

까?"

정열에 띤 사내의 목청이 분명하다.

한동안 침묵……

"인제 고만 놓아요. '키스'가 너무 길지 않아요? 행여 남이 보면 어떡해요?"

아양 떠는 여자 말씨.

"길수록 더욱 좋지 않아요? 나는 내 목숨이 끊어질 때까지 키스를 하여도 길다고는 못하겠습니다. 그래도 짧은 것을 한하겠습니다."

사내의 피를 뿜은 듯한 이 말끝은 계집의 자지러진 웃음으로 묻혀 버렸다.

그것은 묻지 않아도 사랑에 겨운 남녀의 흐무러진 수작이다. 간검[5]이 지독한 이 기숙사에 이런 일이 생길 줄이야! 세 처녀는 얼굴을 마주 보았다. 그들의 얼굴은 놀랍고 무서운 빛이 없지 않았으되 점점 호기심에 번쩍이기 시작하였다. 그들의 머릿속에는 한결같이 '로맨틱'한 생각이 떠올랐다. 이 안에 있는 여자 애인을 보려고 학교 근처를 뒤돌고 곰돌던 사내 애인이 타는 듯한 가슴을 걷잡다 못하여 밤이 이슥하기를 기다려 담을 뛰어넘은지 모르리라.

모든 불이 다 꺼지고 오직 밝은 달빛이 은가루처럼 서린 창문이 소리 없이 열리며 여자 애인이 흰 수건을 흔들어 사내 애인을 부른지도 모르리라. 활동사진에 보는 것처럼 기나긴 피륙을 내리어서 하나는 위에서 당기고 하나는 밑에 매달려 디룽디룽하면서 올라가는 정경이 있었는지 모르리라. 그래서 두 애인은 만나 가지고 저와 같이 사랑의 속살거림에 잦아졌는지 모르리라……

꿈결 같은 감정이 안개 모양으로 흐릿하게 무지개 모양으로 부시게 세 처녀의 몸과 마음을 휩싸 돌았다. 그들의 뺨은 후끈후끈 달았다. 괴상한 소리는 또 일어났다.

"난 싫어요, 난 싫어요. 당신 같은 사내는 난 싫어요."

이번에는 매몰스럽게 내어 대는 모양.

"나의 천사, 나의 하늘, 나의 여왕, 나의 목숨, 나의 사랑, 나를 살려 주어요, 나를 구해 주어요."

사내의 애를 졸이는 간청……

"우리 구경 가 볼까?"

짓궂은 셋째 처녀는 몸을 일으키며 이런 제의를 하였다. 다른 처녀들도 그 말에 찬성한다는 듯이 따라 일어섰으되 의아와 공구[6]와 호기심이 뒤섞인 얼굴을 서로 교환하면서 얼마쯤 망설이다가 마침내 가만히 문을 열고 나왔다. 쌀벌레 같은 그들의 발가락은 가장 조심성 많게 소리 나는 곳을 향해서 곰실곰실 기어간다. 컴컴한 복도에 자다가 일어난 세 처녀의 흰 모양은 그림자처럼 소리 없이 움직였다.

소리 나는 방은 어렵지 않게 찾을 수 있었다. 찾고는 나무로 깎아 세운 듯이 주춤 걸음을 멈출 만큼 그들은 놀랐다. 그런 소리의 출처야말로 자기네 방에서 몇 걸음 안 되는 사감실일 줄이야! 그렇듯이 사내라면 못 먹어 하고, 침이라도 뱉을 듯하던 B여사의 방일 줄이야!

그 방에선 여전히 사내의 비대발괄[7]하는 푸념이 되풀이하고 있다—

100

"나의 천사, 나의 하늘, 나의 여왕, 나의 목숨, 나의 사랑, 나의 애를 말려 죽이실 테요? 나의 가슴을 뜯어 죽이실 테요? 내 생명을 맡으신 당신의 입술로……."

셋째 처녀는 대담스럽게 그 방문을 빠끔히 열었다. 그 틈으로 여섯 눈이 방 안을 향해 쏘았다. 이 어쩐 기괴한 광경이냐! 전등불은 아직 끄지 않았는데 침대 위에는 기숙생에게 온 소위 '러브 레터'의 봉투가 너저분하게 흩어졌고 그 알맹이도 여기저기 두서없이 펼쳐진 가운데 B여사 혼자―아무도 없이 제 혼자 일어나 앉았다. 누구를 끌어당길 듯이 두 팔을 벌리고 안경 벗은 근시안으로 잔뜩 한곳을 노리며 그 굴비쪽 같은 얼굴에 말할 수 없이 애원하는 표정을 짓고는 '키스'를 기다리는 것같이 입을 쫑긋이 내어민 채 사내의 목청을 내어 가면서 아까 말을 중얼거린다. 그러다가 그 넋두리가 끝날 겨를도 없이 급작스레 앵돌아지는 시늉을 내며 누구를 뿌리치는 듯이 연해 손짓을 하며 이번에는 톡톡 쏘는 계집의 음성을 지어

"난 싫어요. 난 싫어요. 당신 같은 사내는 난 싫어요."

하다가 제물에 자지러지게 웃는다. 그러더니 문득 편지 한 장을(물론 기숙생에게 온 '러브 레터'의 하나) 집어 들어 얼굴에 문지르며

"정 말씀이야요? 나를 그렇게 사랑하셔요? 당신의 목숨같이 나를 사랑하셔요? 나를, 이 나를."

하고 몸을 추스르는데 그 음성은 분명히 울음의 가락을 띠었다.

"에그머니, 저게 웬일이야?"

첫째 처녀가 소곤거렸다.

"아마 미쳤나 보아. 밤중에 혼자 일어나서 왜 저러고 있을꾸?"

둘째 처녀가 맞방망이를 친다.

"에그 불쌍해!"

하고 셋째 처녀는 손으로 고인 때 모르는 눈물을 씻었다……

까막잡기

"자네, 음악회 구경 아니 가려나?"

저녁 먹던 맡에 상춘은 학수를 꼬드겼다. 상춘은 사내보다 여자에 가까운 얼굴의 남자였다. 분을 따고 넣은 듯한 살결, 핏물이 듣는 듯한 붉은 입술, 초승달 모양 같은 가늘고도 진한 눈썹, 은행 꺼풀 같은 눈시울— 여자라도 여간 어여쁜 미인이 아니리라. 그와 정반대로 학수의 얼굴은 차마 볼 수 없이 못생긴 것이다. 살빛의 검기란 아프리카의 흑인인가 의심할 만하다. 조금 거짓말을 보태면 귀까지 찢어졌다고 할 수 있는 입, 장도리나 무엇으로 퍽퍽 찍어내 내려앉힌 듯한 콧대, 광대뼈는 불거지고 뺨은 후벼 파 놓은 듯, 그 우툴두툴한 품이 마치 천병만마가 지나간 고 전쟁터와 같은 느낌이 있었다. 이 미남과 추남의 표본이라고 할 만한 두 청년은 한 고장 사람으로 같이 ××전문학교에 다니는 터이었다.

"오늘 저녁에 어데 음악회가 있나?"

"있구말구, 종로 청년회관에 학생 주최로 춘기 대음악회가 있다네. 종로로 지나다니면서 그 광고도 못 봤단 말인가. 참말이지, 이번 음악회는 굉장하다네. 그 학당의 자랑인 꽃 같은 여학생들의 코러스는 말할 것도 없거니와 조선서 음악깨나 한다는 사람은 총출이라데. 그리고 그 나라에서도 울렸다는 프오크 양의 독창도 있고 또 요사이 로서아에서 돌아온 리니콜라이의 바이올린 독주도 있고……"

"여보게, 그만 늘어놓게. 그만해도 기막히게 훌륭한 음악회인 줄 알겠네. 그러나 내가 어데 음악을 아는가? 내 귀에는 한다는 성악가의 독창이나 도야지 목 따는 소리나 다른 것이 없네. 바이올린으로 타는 좋다는 곡조나, 어린애의 앙얼거리는 울음이나 마찬가지이데."

"그래, 음악회에 가기 싫단 말인가?"

"자네 혼자 다녀오게."

"여보게, 음악은 모른다 하더래도, 여학생 구경이라도 가세그려. 주최가 여학교 측이고 보니, 그 학교 학생은 물론이겠고, 서울 안에 하이칼라 여학생은 다 끌어올 것일세."

하고 매우 초조한 듯이

"입장권은 내가 삼세. 음악이 싫거든 여학생 구경이라도 가세그려."

"왜?"

"왜라니? 여학생의 구경이라도 가자는 밖에."

학수는 배앝는 듯이

"여학생은 보아 쓸데가 무엇이란 말인가?"

상춘은 펄쩍 뛰며

"쓸데란 말이 웬 말인가? 자네같이 쓸데 있는 것만 찾는다면 인생은 쓸쓸한 황야일 것일세. 캄캄한 그믐밤일 것일세. 아름다운 음악을 들으며 아름다운 여성을 보는 것이 벌써 시가 아닌가, 행복이 아닌가?"

"시다? 행복이다? 흥, 내야 자네같이 어데 취미성이 있어야지."

빈정대는 듯이 이런 말을 하건마는 찡그린 그 얼굴엔 말할 수 없는 고뇌의 그림자가 떠돌았다. 상춘은 제 동무의 말은 들은 체만 체하고 꿈꾸는 듯하는 눈자위를 더욱 반들반들하게 적시며, 시나 읊조리는 어조로

"여자는, 더구나 새로운 학문을 배우는 여학생은 인생이란 거친 들의 꽃일세, 어두운 밤에 불일세. 햇발이 왜 따스한 줄 아나? 그들의 가슴을 덥히기 위함일세. 달빛이 왜 밝은 줄 아나? 그들의 얼굴을 바래기 위함일세. 꽃이 피기도 그들의 눈을 기쁘게 하려는 까닭이요, 새가 울기도 그들의 귀를 즐겁게 하려는 까닭일세. 그런데……."

하고 잠깐 가쁜 숨을 돌리었다. 학수의 얼굴엔 고뇌의 그림자가 더욱더욱 짙어가며 단박 울음이 터져 나올 듯이 온 상판의 근육이 경련적으로 떨린다.

"듣기 싫네, 듣기 싫어. 그만해도 자네가 시와 소설을 많이 본 줄 알겠네."

"……그런데 말이지. 그들이 하나도 아니고 둘이 아니고 백여 명이 모였단 말이다. 생각을 해보게, 백여 명이 모였단 말이다. 그곳은 백화난만한 꽃동산일 것일세. 거기 종달새 격으로 꾀꼬리 격

으로 피아노가 운다, 바이올린이 껄떡인다. 그나 그뿐인가, 꽃 그것이 노래를 부르니 이게 낙원이 아니고 어데가 낙원이란 말인가. 거기 가기를 싫어하는 자네는 사람이 아닐세, 사내가 아닐세, 목석일세."

하고 상춘은 못 견디겠다 하는 듯이 뻘떡 일어나 방 안을 왔다 갔다 한다. 그의 눈에는 쉴 새 없이 미소가 떠올랐다. 제 얼굴에 지나치게 자신을 가진 그는 여성과 접촉을 안 했기 망정이지 접촉만 하고 보면—불행한 일은 아직 여성과 흠씬 접촉해 본 일이 없었다—손끝 한번 까딱해서, 눈 한번 깜짝해서, 다 저에게 꿀 같은 사랑을 바치려니 생각한다. 젊고 어여쁘고 지식 있고 마음이 상냥한 여성은 언제든지 저의 애인이 될 가능성이 있다. 그러므로 그들을 비난하거나 미워할 생각은 꿈에도 없었다. 따라서 그는 어디까지 여성 찬미자—더구나 새로운 학문을 배우는, 배운 여성의 찬미자였다. 그들의 말이 나오면 턱없이 흥분하는 법이었다.

"사람이 아니래도 좋고, 사내가 아니래도 좋네. 목석이라도 좋아. 음악회 구경도 싫고, 여학생 구경도 딱 싫으이."

마침내 학수도 버럭 화증을 내었다.

"참말이지 요새 여학생은 눈잔등이가 시어서 못 보겠데. 기름을 바를 대로 바르고, 왜 귀밑머리는 풀고 다니는지, 살찐 종아리 자랑인지는 모르지만, 왜 정강이까지 올라오는 잠뱅이를 입고 다니는지, 발등뼈가 퉁겨 나와야 맛인가, 구두 뒤축은 왜 그리 높은지, 암만해도 까닭 모를 일이어. 옆에만 지나가도 그 퀴퀴한 향수 냄새란 구역이 날 지경이다. 그리고 이름이 좋아서 하눌타리로 사랑은 자유라야 쓰느니, 연애는 신성한 것이니 하면서 얼굴만 반드

레해도 그만 반하고, 피아노 한 채만 보아도 마음이 솔곳하고, 애꾸눈이라도 서양 갔다 온 사람이면 추파를 건넨다던가, 그런 천착[2]하고 경박하고 허영에 뜬 년들에게 침을 깨흘리는 놈도 흘리는 놈이지. 그래, 그런 것들이 우글우글 끓는 음악회에 간단 말인가? 차라리 요귀가 끓는 지옥엘 가는 게 낫지. 바루 제가 젠 체하고 단위에 올라서서, 몸짓 고갯짓을 하면서 주리난장을 맞는 듯이 아가리를 딱딱 벌리는 꼴이란 장님으로 못 태어난 것이 한이 될 지경이다."

라고 학수도 까닭 모를 흥분에 목소리를 떨며 그 험상궂은 얼굴이 푸르락붉으락하며 부르짖었다. 제 스스로 제 얼굴이 다시 더 못생길 수 없이 못생긴 것을 잘 아는 그는, 여성을 대할 적마다 저 아닌 남으론 상상도 못할 만큼 심각한 고통을 느끼었다. 여성의 시선이 제 얼굴에 떨어지면 못생긴 제 얼굴이 열 곱 스무 곱 더 못생겨지는 듯싶었다. 조소와 멸시를 상상치 않고는 여성의 눈길을 느낄 수 없었다. 이러구러 그는 어느 결엔지 미소지니스트(여자를 미워하고 싫어하는 이)가 되고 말았다. 구식 여자보다 자유연애를—저는 일평생 가야 맛보지 못할 자유연애를 한다는 신식 여자가 더욱이 밉고 싫고 침이라도 뱉고 싶을 만치 더럽고 추해 보였다.

상춘은 어이없이 학수를 바라보다가

"여보게 웬 야단인가? 여학생하고 무슨 불공대천지원수[3]나 졌단 말인가? 모욕을 해도 분수가 있지."

"압다, 그러면 자네는 여학생한테 무슨 재생지은덕[4]이나 입었단 말인가? 왜 여학생이라면 사지를 못 쓰나?"

두 친구는 잠깐 마주 보면서 입을 닫치었다. 이윽고 상춘은 또 방 안을 거닐다가 화증 난 듯이 문을 열고 퇴 하고 침을 뱉었다. 봄밤이다. 생각에 젖은 처녀의 눈동자 같은 봄밤이다. 전등 불빛의 세력 범위를 벗어난 어스름한 마당 구석에는 달빛조차 어른거린다. 단성사인지 우미관인지 사람 모으는 젓대[5] 소리가 바람결에 들린다.

상춘에게는 일찰나가 몇 세기나 되는 듯싶었다. 아름다운 음악회의 광경이 무지개같이 그의 머리에 비추인다. 그는 마치 애인과 밀회할 시간이 늦어가는 모양으로 앉았다 일어섰다 조를 비빈다.[6] 저 혼자 같으면 좋으련만 같이 있는 처지에 학수를 버리고 가는 것이 실없는 말다툼으로 감정이나 낸 듯도 싶고, 그보다 많은 여자에게 제가 얼마나 잘난 것을 돋보이게 하려면 못생긴 동반자가 필요도 하였다. 그는 다시 제 동무를 달래고 꼬드기고 조르기 시작하였다. 오늘 저녁이 봄밤인 것과 이러고 들어박혀 있을 때가 아닌 것과 정 음악이 듣기 싫고 여학생이 보기 싫더라도 제 얼굴을 보아 가 달라고 비대발괄하였다. 친구 따라 강남도 간다니 이렇게 청을 하는데 아니 갈 게 무어냐고 성도 내었다. 얼굴과 달라 마음은 싹싹한 학수라, 그렇게 조르는 친구의 청을 떨치기도 무엇하고, 또 얼마큼 상춘의 달뜬 기분이 전염이 되어 혼자 빈방을 지키기도 을씨년스러웠다. 마침내 학수는 싫으나마 도수장에 끌려가는 소 모양으로 상춘을 따라서고 말았다.

상춘이와 학수가 음악회에 들어선 때에는 벌써 회를 여는 관현악이 아뢰일 적이었다. 만일 상춘이가 대분발을 해서 이 원을 내고 일등표 두 장을 사지 않았던들―그들은 일등표를 산 덕택에 바로

좌석 옆 악단 멀지 않게 자리를 잡을 수 있었다―구경도 못하고 돌아설 뻔하였다. 그다지 모인 사람이 많았다. 상춘의 짐작과 틀리지 않아 자리를 반분하다시피 여자의 구경꾼도 많았다. 띄엄띄엄 쪽 찐 이와 땋은 이가 없지 않았으되, 대개는 푸수수한 트레머리[7]의 꽃밭이었다. 그래, 탐스럽게 핀 검은 목단화 송이의 동산이었다. 머리를 꽃송이에 견주면 보얀 목덜미는 그 흰 줄기일러라. 문에 쑥 들어서면서 이 송이와 줄기만 보아도 젊은이의 가슴은 이상하게 뛰놀았다.

그윽한 향내와 기름내, 많은 젊은 몸에서 발산하는 훈훈한 살내, 입내, 옷내―그곳의 공기는 온실과 같이 눅눅하고 향긋하고 따스하였다. 일분은 음악으로 하고, 구분은 이성으로 하여 이들은 우단을 감는 듯한 포근한 느낌과 아지랑이에 싸인 듯한 황홀한 심사에 사라지며 있다. 이따금 파름파름 잎 나는 포플러 가지를 흔들고 온 듯한 바람이 우 하고 유리문을 찌걱거리면, 시방이 봄철인 것과 꽃구경이 한창인 것과 오늘 저녁이야말로 음악 듣기에 꼭 좋은 밤임을 새삼스럽게 생각해 내며, 공연히 마음이 놀아들 나서, 이성의 눈결은 더 많이 이성에게로 몰킨다.

상춘은 아까부터 보아 둔 여학생이 하나 있었다. 그이는 모시 치마와 옥양목 저고리를 입은 얼굴 갸름한 처녀인데, 저와 슬쩍 한 번 눈길이 마주친 후로 자꾸 저를 보는 듯하였다. 가장 잘 음악을 아는 체로 얼굴에 미소를 띠고 발로 박자를 맞추는 사이, 그이의 눈결은 꼭 저만 쏘고 있는 듯하였다. 고개만 돌리면 그와 나의 시선은 또 마주치렷다. 그는 부끄러워 얼굴을 붉히렷다. 남에게 무안을 주는 것은 좋지 못한 일이다. 얼마든지 나를 보게 해 두

자. 아마도 나에게 마음이 끌린 모양이야. 얼마든지 보라지, 가만히 내버려 두어— 열기 있고 짜릿짜릿한 눈살의 쏘임을 견디다 못해서 상춘은 문득 고개를 돌렸다. 저편에서 어느 결에 눈결을 돌렸다. 그이의 눈은 저 아닌 바이올린 타는 이를 똑바로 보고 있다. 인제 이편에서 한동안 노리며 보아 주기를 기다렸으나 그이는 매우 감동된 듯이 눈을 번쩍이며 깽깽이 시루는 이의 손을 따르고 있을 뿐이었다. 빌어먹을! 하고 성낸 듯이 제 고개를 돌이키자마자 어째 저편의 고개가 얼른 제 편으로 돈 듯하였다. 또 놓쳐서 될 말인가 하고 이번에는 날쌔게 돌아다보았다. 그편의 눈은 한결같이 바이올린에 박혔을 뿐. 몇 번을 고개를 바루었다 틀었다 해 보건만 한결같이 그이의 눈은 저를 쏘지 않았다.

"나를 보지 않는군. 안 보면 대순가?"

화증 낸 듯이 속으로 중얼거리고, 또 다른 눈 맞는 이를 찾아내려 하였다. 한참이나 헛되이 돌아다니던 눈이 얼마 만에 저를 보고 웃는 듯한 눈을 잡아내었다. 그이의 얼굴은 동그스름한데 아까 저 보던 이보다 몇 곱절이나 아름다운 듯싶었다. 옳다구나? 할 새도 없이 염통이 파득파득 소리를 내었다. 슬쩍 눈결을 피하였다가 슬쩍 눈결을 던지매 그이는 시방도 웃기는 웃건마는 곁에 앉은 제 동무와 속살거리고 웃을 뿐이고 저를 보지는 않았다. 또 아까 번으로 눈살을 놓았다 거두었다 하는 사이에 용하게 두 번째 그이의 눈을 맞출 수 있었다.

"두 번이다, 두 번이야. 이번 것은 틀림없이 나한테 호의를 가졌나 부다."

상춘은 이렇게 확신 있게 속살거리며, 사람이 헤어져 돌아갈 때에 문 앞에서 기다리면 그이가 나와 저를 보고 반겨 웃을 것과 저더러 같이 가자든지 그렇지 않으면 저를 따라올 것과, 어떻게 꿀 같은 사랑을 맛볼 것을 생각하였다. 악수, 키스, 달밤에 산보, 꽃 사이의 헤매임─ 그림보다도 더 아름다운 정경을 역력히 그리고 있을 때였다.

곁에 앉아 있던 학수, 신트림이나 올라오는 사람 모양으로 보기 싫게 찡그린 얼굴을 주체를 못하는 듯이 숙였다 들었다 하며 여자 편과 외면을 하고 될 수 있는 대로 남자의 편을 향하고 있는 학수. 맡지 않으려 할수록 속을 뒤흔드는 이성의 냄새와 느끼지 않으려 할수록 몸에 서리는 이성의 훈기에 축축이 진땀이 흘렀다 으슬으슬 한기가 들었다 하던 학수가 한창 꿈결 같은 환상에 녹는 상춘의 옆구리를 꾹 질렀다. 제 친구의 존재를 깜빡 잊어버렸던 상춘은 발부리에서 메추라기가 날아간 듯이 놀래었다.

학수는 목 안에서 나는 듯한 그윽한 소리로

"여보게 상춘이, 여보게 상춘이, 여기 변소가 어데인가? 오줌이 마려워서 견딜 수 없네."

"뭐?"

하고 상춘은 네 말을 못 알아듣겠다는 듯이 물끄러미 학수를 보았다.

학수는 여간 급하지 않은 듯이

"변소가 어데냐 말일세. 오줌이 마려워서 죽을 지경일세."

"뭐, 오줌이 마려워. 참게 참아."

상춘은 뱉는 듯이 퉁을 주었다. 저의 꽃다운 환상을 이따위 일에 부순 것이 속이 상하였다.

"여보게, 인제 더 참을 수 없네. 여기 오는 맡에 마려운 것을 이때까지 참았네. 인제 할 수 없네. 아랫배가 뻑적지근하게 아파 견딜 수 없네."

"원, 사람도. 그러면 저 문으로 나가게."

상춘은 어처구니없이 픽 웃고는 악단의 오른편에 있는 조그만 문을 가리키며

"나가면 오른편에 층층대가 있으니. 그리 내려가면 거기 변소가 있네."

하였다.

학수는 엉거주춤하고 겸연쩍은 듯이 고개를 숙이고 가리키는 대로 그 문을 열고 밖을 나왔다. 밝은 데 있다가 나온 까닭에 눈앞이 캄캄하였다. 손으로 더듬어서 층층대를 내려는 왔으나 어디가 어디인지 도무지 알 수가 없었다. 공장 옆에 있는 변소를 대강당 밑에서 찾으니 찾아질 리가 없었다. 헛되이 층층대를 끼고 얼무적 얼무적하다가 하는 수 없이 '층층대 밑에라도' 할 즈음이었다.

괴상하고 야릇한 일이 일어나기는 그때였다. 문득 뒤에서 똑 찍, 똑 찍 하는 소리가 들리자마자 방망이 같은 무엇이 훌쩍 어깨를 넘을 겨를도 없이 등 뒤에 물씬한 것이 닿으며 보드랍고 싸늘한 무엇이 눈을 꼭 감긴다. 학수는 전신에 소름이 쭉 끼치며 하도 놀라 '악' 소리도 지를 수 없었다.

"내가 누구예요?"

물어 죽이는 웃음과 함께 낮으나마 또렷또렷한 목성이 묻는다.

"왜 아무 말도 않으셔요? 놀래었어요?"

하는 소리가 나면서 눈 가렸던 물건이 떨어진다. 일시에 등에 대었

던 것도 떨어지며 가벼운 힘이 어깨를 흔들자 눈앞에 보얀 얼굴이 어른하였다. 이 불의에 나타난 괴물이 학수의 얼굴을 알아보자마자 그편에서도 매우 놀란 듯

"에그머니?"

하고 부르짖음과 함께 그 괴물은 천방지축으로 달아난다.

학수는 얼없이 제 앞에 나는 듯이 떠나가는 괴물의 뒤 꼴을 바라보고 있었다. 얼마 후 놀랐던 가슴이 가라앉은 뒤에야 시방 제 눈을 감기고 달아난 것이 결코 귀신도 아니요 괴물도 아니요, 한갓 아름다운 여성임을 확실히 깨달을 수 있었다. 그러자 그 여성의 대이었던 자리가 전기로나 지진 듯이 욱신욱신하고 근질근질해 온다. 무주룩하게 어깨를 누르는 팔뚝, 말씬말씬하게 등때기를 비비는 젖가슴, 위 뺨과 눈언저리에 왕거미 모양으로 붙었던 두 손을 참보다 더 참다이 느낄 수 있었다. 그 근처의 공기조차 따스하고 향긋하게 코 안으로 기어드는 듯하였다.

그는 몽유병자의 걸음걸이로 그 여자의 간 곳을 향해서 몇 걸음 걸어가 보았다. 그때에 찾고 찾아도 찾을 수 없던 뒷간인 듯한 집이 보이었다. 그는 늘어지게 소변을 보고 몸이 날 듯이 가든해오매, 이 이상한 일의 까닭을 캐어 보았다.

그것은 어렵지 않게 풀 수 있는 수수께끼였다. 눈을 감긴 이는 저의 애인과 함께 이 음악회에 왔음이리라. 그런데 그들은 무슨 까닭으로든지 이 층층대 밑에서 남 몰래 만나자고 무슨 군호로―눈짓 같은 것으로 맞추었음이리라. 사내가 그 군호를 몰랐던지 그렇지 않으면 사내의 발길은 더디고 계집의 발길은 일찍이 층층대 아래서 학수가 어름어름하는 걸 보고 꼭 제 애인인 줄만 여겨서 아

양 피움으로 까막잡기를 하였음이리라.

이윽고 그 층층대를 도로 올라와서 음악회에 통한 문을 여는 학수는 제 얼굴이 여지없이 못생긴 것과 여성에 대한 미움을 씻은 듯이 잊어버리었다. 전등불이 급작스럽게 밝아지며, 모든 사람이 저에게 호의 있는 시선을 보내는 듯하였다. 그중에도 여자들은 미소를 건네는 듯하였다. 바이올린은 이미 끝났음이리라. 어느 양녀 하나가 보얀 손가락을 북같이 쏘다니게 하며 피아노를 치고 있다. 전 같으면 시답지 않을 그 악기의 소리가 제 가슴속의 무슨 은실 같은 것을 스치어서 어느 결엔지 멋질린[8] 발길이 춤추는 듯이 박자를 맞춘다.

그는 바로 여자석의 옆 걸상 줄에 있는 제 자리에 한 두어 걸음 남겨 놓고, 걸상 줄 밖에 나온 어느 여학생의 구두코를 지척하고 밟아 버렸다. 학수는 그 얼굴에 애교를 넘쳐 흘리며 제 잘못을 사과하였다. 그 여학생은 당황히 발을 끌어들이며 괜찮다 하였다. 발 밟힌 이의 얼굴이 아무 일도 아니 일어난 것처럼 새침하게 바루어진 뒤에도 발 밟은 이는 사과를 되풀이하며 빙글빙글 웃는다. 그 여학생은 한번 힐끗 학수를 쳐다보더니 고개를 팍 숙이고는 제 옆 동무를 꾹 찌르며 웃는다. 제 자리에 앉는 학수도 자기의 한 일이 가장 재미있고 우스운 것같이 킬킬 소리를 내어 웃었다. 그러는 가운데, 언뜻 깨달으니 그 여학생이 갈데없는 제 눈을 감기던 사람 같았다. 북받치는 웃음으로 하여 가늘게 떠는 그 동그스름한 어깨, 서너 올 머리칼이 하늘거리는 보얀 귀밑― 그렇다, 그렇다, 분명히 그 여자다. 내 눈을 감기고 달아난 그 여자다 하였다. 이런 생각을 하고 있을 제 그 여학생의 입이 비죽비죽하는 웃음을 간신히 참으며 또 한 번 학수의 편을 보았다. 그의 광대뼈가 조금 내민 것을 알아보자, 학수는 그이가 아니로구나 하고 고개를 쩔레쩔레 흔들었다.

찡그린 상판을 남자 편으로 향하고 있던 학수는 인제 번쩍이는 얼굴을 여자 편에게로만 돌리어서 저와 까막잡기하던 이를 찾기에 골몰하였다. 여러 번 그이인 듯한 여학생을 찾아내었건만, 눈썹이 겅성드뭇[9]도 하고 입이 크거나 작거나 하고, 이마가 좁기도 하며, 코가 높거나 낮거나 해서, 정말 그이를 알아맞히는 도리가 없었다. 그릇 알았든 옳게 알았든 비록 눈도 한 번 못 깜짝일 짧은 동안이라 할지라도 저를 애인으로 생각해 준 그 여자는 여성으로의 모든 아름다움을 갖추고 있었을 듯하였음이라.

상춘은 상춘으로 그 얼굴이 동그스름한 여학생과 눈을 맞추며 기뻐하고 있었다. 시선이 맞질리기가 벌써 네 번이나 된다.

음악회는 그럭저럭 끝나고 말았다.

상춘은 저와 네 번이나 눈이 마주친 그이를 기다리면서, 학수는 혹 제 동무들과 섭슬리어 나올는지 모르는 제 눈 감기던 그이를 기다리면서, 두 청년은 청년회관 문 앞에 서 있다…….

상춘의 그이는 나왔다. 무슨 할 말이나 있는 듯이 상춘은 한 걸음 다가들었건만 그이는 거들떠보지도 않고 제 갈 데로 가 버렸다. 나오는 이 족족 새로이 얼굴을 검사해 보았건만 학수의 그이는 없었다.

사람들이 다 헤어진 뒤에도 잘난 이와 못난 이는 사라지려는 아름다운 꿈을 아끼는 듯이 우두커니 서 있었다.

아까 음악당의 유리창을 비걱거리던 바람은 휙휙 먼지를 날리며 포플러 가지를 우쭐거리게 한다. 반 넘어 서쪽으로 기울어진 초승달은 새색시의 파리한 뺨 같은 모양을 구름자락 사이에 드러내었다.

"달이 있군."

상춘은 하늘을 쳐다보며 한숨지었다.

"시방, 집에 가면 잠 오겠나? 우리 종로를 한번 휘 돌까?"

두 청년은 걷기 시작하였다. 광화문통까지 올라갔다가 도로 내려왔다. 그들의 묵고 있는 집은 사동에 있었다.

"음악회란 기실 아무것도 보잘게없어. 그 많은 여학생 가운데 하나나 그럴듯한 게 있어야지."

상춘은 탄식하는 듯이 이런 혼잣말을 하였다.

"왜, 그렇게 가자고 사람을 들볶더니."

"갈 적에는 좋았지만 나와 보니 그런 싱거운 일이 없네그려. 돈이 원만 날아갔는걸."

"나는 재미있던데."

상춘은 턱없이 빙글빙글하는 학수를 바라보며 의아한 듯이

"왜 음악회라면 대경실색을 하더니?"

"딴 음악회는 다 재미없어도 오늘 것은 매우 재미있었어……. 그런데 여보게, 사랑 맡은 귀신은 장님이라지?"

"그것은 왜 묻나?"

"글쎄 말일세."

"그렇다네. 사랑을 하면 곧 이성의 눈이 감긴단 말이겠지."

"흥. 그러면 나는 오늘 저녁에 사랑을 하였는걸. 사랑 맡은 귀신의 은총을 입었는걸."

"사랑을 하였다니?"

"흥, 세상에는 이상한 일도 있지."

"무슨 일이 그렇게 이상하단 말인가?"

"이야기할까?"

"이야기할 테면 하게그려."

상춘은 별로 흥미가 끌리지 않는 듯하였다. 학수는 주춤 걸음을 멈추더니 다짜고짜로 등 뒤에서 상춘의 눈을 감기었다.

"이게 무슨 미친 짓인가?"

상춘은 놀라 부르짖었다.

"내가 사내가 아니고 여자일 것 같으면 자네 마음이 어떠하겠나?"

"그게 다 무슨 소리인가?"

"오늘 음악회에서 어느 여자가 나를 그리했다네."

상춘은 어이없이 웃으며

"예끼 미친 사람……"

"미치기는 누가 미쳐? 왜 거짓말인 줄 아나?"

하고 학수는 입에 침이 없이 아까 층층대 밑에서 일어난 일의 자초지종을 이야기하였다.

호기의 눈을 번쩍이고 있던 상춘은 이야기가 끝나자 웬일인지 그 여자를 여지없이 타매하였다. 어디 밀회할 곳이 없어서 그 어둠침침한 층층대 밑에서 그런 짓을 하느냐는 둥, 필연 여학생 모양을 한 은근짜[10]나 갈보라는 둥, 내가 그런 일을 당했으면 꼭 붙들어 가지고 톡톡히 망신을 주었으리라는 둥, 그리 못한 학수가 반편이라는 둥…….

"왜 샘이 나니? 생각을 해 보게, 보들보들한 손이 살짝 내 눈을 가리었단 말이지. 내 등에 그 따뜻한 가슴이 닿았단 말이지. '내가 누구예요?' 하는 그 목소리! 그야말로 꾀꼬리 소리란 말이지⋯⋯."

하고 학수는 못 견디겠다는 듯이, 몸을 비꼬자마자 상춘을 부둥켜 안았다.

"이 사람이 정말 미쳤나?"

하고 상춘은 사정없이 뿌리쳤다. 학수는 넘어질 듯이 비틀비틀하면서 허허 하고 소리쳐 웃었다. 그들은 벌써 사동 입새에 다다랐다.

상춘은 부인 상회로 무슨 살 것이나 있는 듯이 들어간다. 어디 갔다가 돌아오는 길에는 이 상회를 거치는 것이 그의 버릇이었다. 전일엔 상춘이가 암만 졸라도 좀처럼 들어가지 않던 학수이언만 오늘 밤에는 서슴지 않고 상춘을 따라 들어설 수 있었다.

상회에 들어온 뒤에도 학수의 온 얼굴에 퍼진 웃음의 그림자는 사라지지 않았다. 이 꼴을 보고 상춘은 의미 있게 웃고는, 벙글거리는 이를 슬며시 색경과 경대를 벌여 둔 데로 끌고 와서 귀에 대고 소곤거렸다.

"여보게, 거울을 좀 보게."

벙글거리던 이는 무심코 거울을 들여다보았다─저놈이 웬 놈인가? 지옥의 굴뚝 속에서 뛰어나온 아귀 같은 상판으로 빙그레 웃는 저놈이 웬 놈인가? 입은 찢어진 듯이 왜 저리 크며 잔등이 움푹한 콧구멍은 왜 저리 넓은가? 학수는 제 앞에 나타난 이 추의 그것 같은 괴물을 차마 제 자신으로 생각할 수가 없었다. 얼마 전에 사랑 맡은 여신의 은총을 입은 제 자신으로 생각할 수 없었다.

그러나 이 더할 수 없이 못생긴 괴물이야말로 갈데없는 거임에 어찌하랴, 다른 사람 아닌 제 본체임에 어찌하랴?

─그의 눈앞은 갑자기 한 그믐밤같이 캄캄하였다.

사립정신병원장

생각하면 재작년 겨울 일이다. 나는 오랜간만에야 고향에 돌아갔었다. 십여 호가 넘던 일갓집들이 가을바람에 나부끼는 포플러 잎보다도 더 하잘것없이 흩어진 오늘날에야 말이 고향이지 기실 쓸쓸한 타향일 따름이다. 비록 초가일망정 이십여 간이나 되는 우리 집도 다섯 간 오막살이로 찌그러 들어 성 밖 외따른 동리에 초라하게 남았고 거기는 칠순에 가까운 아버지와 사십이 넘은 계모가 턱을 고이고 앉았을 뿐. 아들도 남부럽지 않게 많지마는 제 입 풀칠하기에 바쁜 그들은 부모님 봉양할 이란 하나도 없었던 것이다. 몇 달 만에야 한 번, 몇 해 만에야 한 번 집안으로 기어드는 자식은 자식이 아니요 손님이었다. 쌀밥 한 그릇 고깃국 한 대접을 만들어 먹이기에 아버지와 어머니가 얼마나 고심하는 것을 잘 아는 나는 얼른 데밀어다 보고는 선선히 일어서는 것이 항례였다. 그러나 내가 여기서 내 신세와 우리 집안 형편을 늘어놓자는 것은 아니다. 음산하고 참담한 내 동무 하나의 이야기를 기념 삼아 적어 두자는 것이다.

아버지 집을 총총히 뛰어나온 나의 발길은 몇 아니 되는 친구가 구락부[1] 삼아 모이는 L군의 사랑으로 향하였다. 그들은 무조건으로 나를 환영해 주었다. 반가움, 즐거움은 이야기의 즐거움으로 옮겨 갔다. 서울 형편 이야기, 글 이야기, 생각 이야기를 비롯하여 친구들의 가정에 일어난 에피소드까지 우리의 화제에 올랐다.

"W군이 어째 보이지 않나? 요새도 은행에 잘 다니나?"

나는 그 사랑의 단골 축의 하나인 W군의 소식을 물어보았다.

"이번 정리 통에 그나마 미역국을 먹었네."

하고 주인 되는 L군이 얼굴을 찌푸린다. 나는 그 말을 듣고 놀랐다. 이 W군으로 말하면 그야말로 헐길 할길 없는 형편이었다. 본디 서발막대 거칠 것 없는[2] 가난한 집안에 태어난 그는 열여덟 살에 백부에게로 출계[3]를 하게 되었다. 양자 간 덕택으로 즉시 장가는 들 수 있었으나 사람 좋은 양부는 남의 빚봉수[4]로 말미암아 씩씩지 않은 시골 살림이 일조에 판들고[5] 말았다. 그는 처가에 몸을 의탁하는 수밖에 없게 되었다. 그러나 처가 또한 넉넉지 못한 형세이다. 조반석죽도 궐할[6] 때가 많았다. 넉넉한 처가살이도 하기 어렵다 하거든 하물며 가난한 처가살이랴? 목으로 넘어가는 밥 한 알 두 알이 바늘과 같이 그의 창자를 찔렀으리라.

이토록 고생에 부대끼면서도 그는 얼굴 한번 찡그리는 법이 없었다. 그는 언제든지 싱글싱글 웃었다. 그는 말 한마디를 해도 웃지 않고는 못하는 낙천가였다. 서울에 올라와서 고학을 할 때 살을 에어 내는 듯한 겨울날 속옷을 빨다가 손이 몹시 시리면 그는

벌떡 일어나 손을 쩔레쩔레 흔들며

"이놈의 손가락이 별안간 왜 뻣뻣해지나?"

하고도 웃었다. 밥을 짓다가 연기가 눈으로 들어가면 눈물이 그렁 그렁한 눈을 비비면서도 그는 히히 하고 웃기를 잊지 않았다. 그 대신 그의 몸은 여지없이 말라 갔다. 뼈하고 가죽으로만 접한 듯 한 얼굴은 바늘로 찔러도 피 한 점 날 것 같지 않았다.

가장 기쁜 듯이 웃을 때면 입가는 마치 누비를 누벼 놓은 듯이 여러 가닥 주름이 잡히었다.

만사를 웃고 지내는 그이언만 처가살이는 견디지 못하였던지 작년 봄에 남의 협호[7]를 얻어 자기 식구를 끌고 나왔다. 백판[8]으 로 살림을 차리고 보니 그 궁색한 것이야 당자 아닌 남으론 상상 도 못할 것이 있었으리라. 있는 친구에게 쌀되를 꾸어 가면서 그날 그날을 보내던 중 여러 가지로 주선한 끝에 T은행의 고원[9]으로 채 용이 되었었다. 이십오 원이란 월급이 비록 작지마는 그들의 가정 에겐 생명의 줄이었다. 그런데 그 줄이나마 끊어졌으니 그는 또 무 엇을 하며 지낼 것인가. 더구나 그는 벌써 열두 살 먹은 맏딸, 여덟 살 되는 둘째 딸, 네 살 먹은 아들의 아버지가 아니냐.

"그러면 무엇을 먹고산단 말인가?"

나는 탄식하였다.

"요새는 사립정신병원장이 되셨지요."

하고 익살 잘 부리는 S군이 낄낄 웃었다. 온 방은 이 말에 때때그 르르 웃었다.

"사립정신병원장이라니?"

나는 웬 까닭을 몰라서 채쳐 물었다.

122

"출근 오전 칠 시, 퇴근 오후 육 시, 집무 중 면회 절대 사절, 일 시라도 환자의 곁을 떠나지 못할지니 변소 출입도 엄금⋯⋯."

하고 S군이 복받치는 웃음을 못 참을 제 방 안의 웃음소리는 또 한 번 높아졌다.

S군의 설명을 들으면 W군에게 P란 친구가 있었다. 워낙 체질이 나약한 그는 어릴 적부터 병으로 자랐었다. 성한 날이라고는 단지 하루가 없었다. 가난한 집 자식 같으면 땅김을 벌써 맡았으련마는, 다행히 수천석꾼의 외동아들로 태어난 덕에 삼과 녹용의 힘이 그의 끊어지려는 목숨을 간신히 부지해 왔었다. 자식이 그렇게 허약하거든 장가나 들이지 않았으면 좋을 걸 재작년에 혼인을 한 뒤부터 그의 병세는 더욱 더쳐진 모양이었다. 금년 봄에 첫딸을 낳은 뒤론 그는 실성실성 정신에 이상이 생기고 말았다.

미치고 보니 자연히 찾아오는 친구도 없고 부모 친척까지 그와 오래 앉아 있기를 꺼리게 되었다.

그렇다고 병자를 내어보낼 수도 없고 혼자 한방에 감금해 두는 것도 또한 염려스러운 일이라. 그때 W군이 '사립정신병원장'이 된 것이다. 날이 마치도록 미친 이의 말벗이 되고 보호병 노릇을 하는 보수로 W군은 한 달에 쌀 한 가마니 돈 십 원씩을 받게 된 것이다.

'사립정신병원장!' 나는 속으로 한번 외워 보았다. 나의 가슴은 한그믐밤 빛같이 캄캄해졌다.

그날 저녁에는 W군을 만났다.

"원장영감, 인제야 퇴근하셨습니까?"

하고 S군은 또 낄낄댄다. 방 안에 다시금 웃음이 터졌다.

W군은 또한 빙그레 웃었으되 그 샛노란 얼굴엔 잠깐 검은 그림자가 지나가는 듯하였다.

"오늘은 별일 없었나?"

친구들은 W군을 중심으로 둘러앉으며 L군이 물었다. 그들의 눈에는 호기심이 번쩍이었다.

"여보게 말도 말게. 오늘은 정말 혼이 났네."

하고 W군은 역시 싱글싱글 웃는다.

"왜?"

여러 사람의 눈은 호동그래졌다.

"지랄이 점점 늘어 가나 보데. 오늘은 문을 첩첩이 닫고 늘 하는 그 지랄을 하더니만 칼을 가지고 나를 찌르려고 덤비데."

"칼은 또 웬 칼인구?"

"낮에 밤 까먹으라고 내온 것을 어느새 집어넣었던가 보데."

"그래 곧 그 칼을 빼앗았나?"

"그까짓 걸, 안 빼앗았으면 어떨라구? 설마 미친놈이 사람 죽이겠나?"

하고 W군은 또 웃었다. 그러자 그의 몸은 웬일인지 추운 듯이 떨고 있었다.

"자네도 좀 실성실성 하이그려. 미친놈이 사람을 죽이지, 성한 놈이 사람을 죽이나?"

거기 모인 친구의 하나인 K군이 그 귀공자다운 흰 얼굴이 조금 푸르러지며 이런 말을 하였다.

"성한 사람 같으면 푹 찔르지만 칼을 들고 남의 목에 겨누며 한참 지랄을 하더니 그대로 퍽 쓰러지데그려."

"자네 오늘 운수가 좋았네. 문을 첩첩이 잠그고 그 어둠침침한 방 안에서 정말 찔렀으면 어쩔 뻔했나."

하고 L군은 아질아질한 듯이 몸서리를 친다.

"문을 왜 처잠그는가?"

나는 또 설명을 요구하였다.

"자네는 참 모를 걸세."

하고 W군은 설명해 주었다. P의 증세는 소위 공인증[10]이란 것이었다. 천연스럽게 앉아 있다가 문득 눈을 홉뜨고 그 백지장 같은 얼굴이 파랗게 질려가지고

"아이구, 저놈들이 또 온다."

"아이구, 저놈들이 나를 잡으러 온다."

라고 황겁하게 중얼거리며 숨을 곳을 찾는 듯이 방 안을 쩔쩔매다가

"여보게 W군, 문 좀 닫아 주게."

라고 비대발괄하는 법이었다. 그러면 W군은 하릴없이 사랑 중문을 닫고 그들 있는 방문이란 방문은 미닫이며 덧창이며 바깥문까지 모조리 닫아걸어야 한다. 그래서 방 안이 침침해지면 개한테 쫓긴 닭 모양으로 방 한구석에 고개를 처박고 있던 미친 이는 고개를 번쩍 들고 사면을 두리번두리번 살핀다. 그러다가 별안간

"히, 히, 히, 히."

라고 마디마디 끊어진 웃음을 웃는다. 이 웃음소리를 따라 그의 홉뜬 눈이 점점 번들번들해지자

"이놈들아, 너희들이 나를 잡아가? 어림 반 푼어치 없지. 히, 히, 히."

하면서 소리를 고래고래 지르다가 한 시간가량 지나면 제풀에 지쳐서 그대로 쓰러지는 법이었다. 그런데 오늘도 법대로 또한 문을 다 잠그고 한참 발광을 하다가 문득 품속에서 창칼을 쓱 빼어 들더니 W군에게 달려들어 그 칼을 목에다 겨누며

"이놈 죽일 놈, 네가 나 잡으러 온 것이지? 이놈 내 칼에 죽어 봐라."

하고 소리소리 지르다가 다행히 그대로 쓰러졌다고 한다.

"자네 오늘 십년감수는 했겠네."

하고 L군이 소리를 떨어뜨린다.

"글쎄, 원장 노릇도 못 해 먹겠는걸."

하고 W군은 또 히히 웃어 보이었다.

K군의 주최로 그날 밤에 우리는 해동관이란 요릿집에 가게 되었다. 일행이 거진 다 외투를 걸쳤건만 W군 홀로 옥양목 겹두루마기 자락을 찬바람에 날리며 가는 다리를 꼬는 듯이 하여 걸어가는 양이 눈물겨웠다.

요리상은 벌어졌다. 셋이나 부른 기생의 기름내와 분내가 신선로 김과 한데 서리었다. 장구 소리와 가야금 가락이 서로 어우러지자 한가한 고로 웅장한 단가며 멋질리고 구슬픈 육자배기가 단 입금과 함께 둥둥 떠돌았다.

술은 여러 차례 돌았건만 나는 조금도 취해지지를 않았다. W군의 존재가 어쩐지 나의 마음을 어둡게 하였다. 첫째로 그의 주량이 나를 놀라게 하였다. 서울에서 고학하던 시절 학비를 넉넉히 갖다 쓰는 친구가 청요릿집으로 가난한 놀이를 하려면 강권하는 것을 떨치다 못하여 배갈 한 잔에 누른 얼굴이 홍당무로 변하며 그

대로 쓰러지던 그였다. 그런데 오늘 저녁엔 비록 정종일망정 열 잔이 넘었으되 조금도 취하는 기색이 보이지 않았다. 빼빼 마른 팔뚝을 반만 걷어 요리상 위에 세운 채 기생이 따라 주는 대로 그는 꿀꺽꿀꺽 들이켜고 있었다.

"자네 웬 술을 그렇게 먹나?"

마침내 나는 W군을 향해서 의아한 듯이 물었다.

"왜 나는 술도 못 먹는 줄 알았나?"

하며 W군은 또 히히 웃어 보였다.

"여보게 W군, 술이 어떤 줄 알고 그런 말을 하나? 한 동이를 지고는 못 가도 먹고는 간다네. 식전 해장도 세 사발은 먹어야 견디네."

S군이 도리어 내 말을 의아하게 여기는 듯이 가로채더니만

"여보게 W군, 자네는 자네 말짝으로 그 눈알만 한 잔 가지고는 턱이 아니 될 터이니 고뿌로 하게."

"그것도 좋지, 나만 그럴 것 있나. 우리 모두 고뿌로 하세그려."

고뿌는 들어왔다. 처음에는 먹을 듯이 모두들 W군의 말에 찬동을 하더니만 고뿌에 술을 붓고 보니 끔찍하던지 감히 마시려 들지 않았다. W군 홀로 제 고뿌를 기울이고 말았다.

"자네들도 들게그려."

하고 한 두어 번 권해 보았으나 잘들 들지 않으매 저 혼자 연거푸 다섯 잔을 들이킨다. 그는 자기의 비색한 신수와 악착한 형편을 도무지 잊은 듯하였다. 그와 반대로 모인 중에도 자기 혼자 유쾌하고 기쁜 듯하였다. 기생 하나가 장구를 메고 일어서자 앞장서서 얼신덜신 춤을 춘 이도 W군이었다. 꽉 잠긴 목으로 남 먼저 '에라 만수'

를 찾은 이도 W군이었다.

놀이는 끝장날 때가 왔다. 꽹과리 소리가 사람의 귀를 찢었다. 춤추다가 쓰러지는 사람이 하나씩 둘씩 늘게 되었다.

"인제 그만 가세그려."

술이 덜 취한 L군이 마침내 이런 제의를 하였다. 우리는 그 말에 찬동을 하며 외투를 떼어 입었다.

그때에도 한 팔로 요리상을 짚고 몸을 가누지 못하면서도 아직 술병을 기울이고 있던 W군은 문득 뽀이를 불러서 신문지를 가져오라 하였다. 신문지를 받아 들자 그는 약식이며 떡 같은 것을 주섬주섬 싸기 시작하였다.

"여보게 창피하네, 그만두게."

K군이 눈썹을 찡기며 말리었다.

"어떤가, 내 돈 준 것 내 가져가는데!"

하고 W군은 역시 웃으며 벌벌 떠는 손으로 쌀 것을 줍기에 바쁘다.

"인제 그만 싸게, 에이 창피스러워."

하며 K군은 고개를 돌린다. 마침내 W군은 쌀 것을 다 싸가지고 송편과 약식이 삐죽삐죽 나오는 봉지를 들고 비슬비슬 일어선다.

그때 K군의 나지미(단골)라는 명옥이가 입을 삐죽거리면서 그 광경을 바라보다가

"원장영감 댁은 오늘 밤에 큰 잔치를 하겠구면."

하고 비웃적거리었다. 그 말이 떨어지자마자 W군은 나는 듯이 명옥에게로 달려들었다.

"이년, 뭐이 어째!"

라고 고함과 함께 W군의 손은 철썩 하고 명옥의 뺨에 올라붙었다.

명옥은

"애고고."

외마디 소리를 치고 쓰러지매 W군은 미워서 못 견디겠다는 듯이

"원장 댁 큰 잔치? 큰 잔치?"

라고 뇌이면서 발길로 엎어진 계집의 허리를 찼다. 이 야단 통에 W군의 떡 싼 봉지는 방바닥에 떨어져 흩어졌다. 나는 이 싸움의 원인이요, 사랑의 뭉치인 봉지를 얼른 주워서 방 한구석 장구 얹혔던 자리 위에 올려 두었다.

싸움은 벌어졌다. K군이 명옥의 역성을 들며, W군에게 덤빈 까닭이다. K군은 W군의 목덜미를 잡아 취술레[11]를 돌리다가

"이 자식이 미친놈하고 같이 있더니 미쳤나 봬, 왜 사람을 차며 지랄발광을 하노?"

하며 휙 뿌리치매 W군은 비실비실 몇 걸음 걸어 나오다가 방바닥에 얼굴을 처박고 팍 거꾸러졌다. 그럴 겨를도 없이 엎어진 이는 벌떡 몸을 일으켜서 곧 K군에게로 달려들었다. 우리는 황망히 그의 팔을 잡아 만류를 하였는데 그때 그의 얼굴은 지금 생각해 보아도 몸서리가 끼친다. 엎어질 때 다쳤음이리라. 앙다문 이빨엔 피가 흘렀다. 그 겅성드뭇한 눈썹이 알알이 일어섰으며 핏발 선 눈엔 그야말로 불이 나는 듯하였고 이마엔 마른 가죽을 뚫고 나올 듯이 푸른 힘줄이 섰다. 그러나 그것보다도 마치 납을 끓여 부은 듯한 그 얼굴, 실룩실룩하는 살점 하나하나가 떠는 듯한 그 꼴이란 더할 수 없이 무서웠다. 입에 거품을 버글버글 흘리고

"미친놈하고 같이 있으면 어쨌단 말이냐? 미쳤으면 어쨌단 말

이냐? 으— 너는 돈 있다고, 너는 돈 있다고."

하고 이를 빠드득빠드득 갈아붙이며 K군을 향해 몸부림을 쳤다. 순한 양 같은 이 낙천가가 비록 취중일망정 사나운 짐승같이 날뛰며 악마보다도 더 지독한 표정을 할 줄이야 누가 꿈엔들 생각하였으랴.

간신히 뜯어말려서 먼저 K군을 보내고 L군과 S군과 나는 이 W군을 진정시켜서 얼마 만에야 그 요릿집 방문을 나오려 하였다. 그때 W군은 무엇을 찾는 듯이 연해 방 안을 살피다가 아까 내가 얹어 둔 봉지를 발견하자 그의 눈은 이상하게 번쩍이었다. 그의 뜻을 지레짐작한 나는 얼른 그 봉지를 집으매 그는 내 손에서 그 봉지를 빼앗듯이 받아가지고 방바닥에 태기를 쳤다. 그러자 그는 헤어진 음식 위에 거꾸러져서 엉엉 울기 시작하였다. 그의 얼굴과 손은 약식투성이가 되고 말았다.

"복돌아! 약식 안 먹어도 산다. 복돌아! 송편 안 먹어도 산다."

한동안 그는 제 아들 이름을 부르며 목을 놓고 울었다.

문득 울음을 뚝 그친 그는 무엇을 노리는 듯이 제 앞을 바라보더니만 나를 향하며

"여보게, 칼로 푹 찔러 죽이는 것이 어떻겠나?"

우리는 어리둥절하며 그의 입만 바라보았다.

"아니, 그럴 일이 아니다. 고 어린 것을 칼로 찌를 거야 있나? 차라리 목을 눌러 죽이지. 목을 누르면 내 손아귀 밑에서 파득파득하겠지."

"여보게, 누구를 죽인단 말인가?"

마침내 나는 물어보았다.

"우리 복돌이를 말일세. 하나씩 하나씩 죽이는 것보다 모두 비꼬러매 놓고 불을 질러 버릴까?"

나는 그 말을 듣고 전신에 소름이 끼치었다.

"흥, 내 자식 죽이면 저희들은 성할 줄 알고? 흥, 그놈들도 내 손에 좀 죽어야 될걸."

하고 별안간 그는 소리쳐 웃었다.

S군이 W군과 바로 한 이웃에 살기 때문에 우리는 그에게 취한 이를 맡기고 돌아왔었다.

그 이튿날 S군의 말을 들은즉 W군의 집에서 악머구리[12]떼 같은 어른과 아이의 울음이 하도 요란하기에 자다가 말고 가 보니 W군의 부인은 어떻게 맞았던지 마루에 늘어진 채 갱신[13]도 못하고, 아이 새끼는 기둥 하나에 하나씩 밧줄로 친친 매어 두었으며, W군은 손에 성냥을 쥔 대로 마당에 쓰러져 쿨쿨 코를 골고 있었다고 한다.

그 다음 날 차로 나는 서울에 올라왔다. W군은 '사립정신병원'의 사무가 바빠 나를 전송도 해 주지 못하였다. 그런 일이 있은 후 다섯 달 가량 지냈으리라. 나는 L군으로부터 편지를 받았다.

……W군이 마침내 미치고 말았다. 그는 오늘 아침에 P군을 단도로 찔러 그 자리에 죽이고 말았네. P군의 미친 칼에 죽을 뻔하던 그는 도리어 P군을 죽이고 만 것일세……

나는 이 편지를 보고 물론 놀랐으되 어쩐지 의례히 생길 참극이 마침내 실연되고 만 것 같았다.

불

　시집온 지 한 달 남짓한, 금년에 열다섯 살밖에 안 된 순이는 잠이 어릿어릿한 가운데도 숨길이 갑갑해짐을 느꼈다. 큰 바위로 내리눌리는 듯이 가슴이 답답하다. 바위나 같으면 싸늘한 맛이나 있으련마는, 순이의 비둘기 같은 연약한 가슴에 얹힌 것은 마치 장마 지는 여름날과 같이 눅눅하고 축축하고 무더운 데다가 천근의 무게를 더한 것 같다. 그는 복날의 개와 같이 헐떡이었다. 그러자 허리와 엉치가 빠개 내는 듯, 쪼개 내는 듯, 갈기갈기 찢는 것 같이, 산산이 바수는 것같이 욱신거리고 쓰라리고 쑤시고 아파서 견딜 수 없었다.

　쇠막대 같은 것이 오장육부를 한편으로 치우치며 가슴까지 치받쳐 올라 콱콱 뻗지를 때에는, 순이는 입을 딱딱 벌리며 몸을 위로 추스른다……. 이렇듯 아프니 적이나 하면[1] 잠이 깨이련만 온종일 물 이기, 절구질하기, 물방아 찧기, 논에 나간 일꾼들에게 밥 나르기에 더할 수 없이 지쳤던 그는 잠을 깨랴 깰 수가 없었다. 그렇다고 그가 혼수상태에 떨어진 것은 물론 아니니

'이러다가 내가 죽겠구먼, 죽겠구먼! 어서 잠을 깨야지, 잠을 깨야지.'

하면서도 풀칠이나 한 듯이 죄어 붙는 눈을 뜰 수가 없었다. 흙물같이 텁텁한 잠을 물리칠 수가 없었다. 연해 입을 딱딱 벌리며 몸을 추스르다가, 나중에는 지긋지긋한 고통을 억지로 참는 사람 모양으로 이까지 빠드득빠드득 갈아붙이었다······. 얼마 만에야 무서운 꿈에 가위눌린 듯한 눈을 어렴풋이 뜰 수 있었다. 제 얼굴을 솥뚜껑 모양으로 덮은 남편의 얼굴을 보았다. 함지박만 한 큰 상판의 검은 부분은 어두운 밤빛과 어우러졌는데 번쩍이는 눈깔의 흰자위, 침이 깨흐르는 입술, 그것이 비뚤어지게 열리며 드러난 누런 이빨만 무시무시하도록 뚜렷이 알아볼 수가 있었다. 그러자 가뜩이나 큰 얼굴이 자꾸자꾸 부어오르더니 뙤약볕으로 지져 놓은 암갈색의 어깨판도 따라서 확대되어서, 깍짓동²만 하게 되고 집채만 하게 된다. 순이는 배꼽에서 솟아오르는 공포와 창자를 뒤트는 고통에 몸을 떨었다가 버르적거렸다가 하면서, 염치없는 잠에 뒷덜미를 잡히기도 하고 무서운 현실에 눈을 뜨기도 하였다.

그 고통으로부터 겨우 벗어난 때엔 유월의 단열밤³이 벌써 새었다. 사내의 어마어마한 윤곽이 방이 비좁도록 움직이자 밖으로 나간다. 들에 새벽일 하러 나감이리라. 그제야 순이도 긴 한숨을 쉬며 잠을 깰 수 있었다. 짙은 먹칠이나 한 듯하던 들창이 잿빛으로 변하며 가물가물한 가운데 노랏노랏이 샛자리의 눈이 드러난다. 윗목에 놓인 허술한 경대 위에 번들번들하는 석경이라든지, 머리

맡 벽에 걸려 있는 누럭장이라든지 '원수의 방'이 분명하다. 더구나 제 등때기 밑에는 요까지 깔려 있다.

'이것은 어찌 된 셈인구?'

순이는 정신을 차리며 생각해 보았다. 어젯밤에 그가 잔 데는 여기가 아닐 테다. 밤이 되면 의례히 당하는 이 몹쓸 노릇을 하루라도 면하려고 저녁 설거지를 마치던 맡에 아무도 몰래 헛간으로 숨었었다. 단지 둘밖에 아니 남은 볏섬을 의지 삼아 빈 섬거적⁴을 깔고 두 다리를 쭉 뻗칠 사이도 없이 그만 고달픈 잠에 떨어지고 말았다. 그런데 어찌 또 방으로 들어왔을까? 그 원수의 놈이 육욕에 번쩍이는 눈알을 부라리며 사면팔방으로 찾다가 마침내 그를 발견하였음이라. 억세인 팔로 어렵지 않게 자는 그를 안아다가 또 '원수의 방'에 갖다 놓았음이리라. 그러고는 또 원수의 그 노릇……

이런 생각을 끝도 맺기 전에 흐리터분한 잠이 다시금 그의 사개 물러난⁵ 몸을 엄습하였다…….

집 안이 떠나갈 듯한 시어미의 소리가 일어났다.

"안 일어났니? 어서 쇠죽을 끓여야지!"

그 소리가 끝도 나기 전에 순이는 빨딱 몸을 일으킨다. 한 손으로 눈을 비비며 또 한 손으로 남편의 벗겨 놓은 옷을 주섬주섬 총망히 주워 입는다. 그는 시방껏 자지 않았던가? 그 거동을 보면 자기는 새로⁶ 정신을 한껏 모으고 호령 일하를 기다리던 군사나 진배없었다. 그러리만큼 자던 잠결에도 시어미의 호령은 무서웠음이다.

총총히 마루로 나오니, 아직 날은 다 밝지 않았다. 자욱한 안개

를 격해서 광채를 잃은 흰 달이 죽은 사람의 눈깔 모양으로 희멀
겋게 서로 기울고 있다.

저녁에 안쳐 놓은 쇠죽 솥에 가자 불을 살랐다. 비록 여름일망
정 새벽 공기는 찼다. 더욱이 으슬으슬 한기를 느끼던 순이는 번
쩍하고 불붙는 모양이 매우 좋았다. 새빨간 입술을 날름날름 집어
주는 솔개비를 삼키는 꼴을 그는 흥미 있게 구경하고 있었다. 고된
하루, 밤으로 말미암아 더욱 고된 순이의 하루는 또 시작되었다.

쇠죽을 다 끓이자 아침밥 지을 물을 또 안 이어 올 수 없었다.
물동이를 이고 두 팔로 치켜 그 귀를 잡으니 겨드랑이로 안개 실
린 공기가 싸늘싸늘하게 기어들었다. 시냇가에 나와서 물동이를
놓고 한번 기지개를 켰다. 안개에 묻힌 올망졸망한 산과 등성이는
아직도 몽롱한 꿈길을 헤매는 듯. 엊그제 농부를 기뻐 뛰게 한 큰
비의 덕택으로 논이란 논엔 물이 질번질번한데 흰 안개와 어우러
지니 마치 수은이 엉킨 것 같고, 벌써 옮겨 놓은 모들은 파릇파릇
하게 졸음 오는 눈을 비비고 있다. 이런 가운데 저 혼자 깨었다는
듯이 시내는 쫄쫄 소리를 치며 흘러간다. 과연 가까이 앉아서 들
여다보니 새맑은 그 얼굴은 잠 하나 없는 눈동자와 같다. 순이는
풍 하며 바가지를 넣었다. 생채기 난 데를 메우려는 듯이 사방에서
모여든 물이, 바가지 들어갔던 자리를 둥글게 에워싸며 한동안 야
료[7]를 치다가, 그리 중상은 아니라고 안심한 것같이 너르게너르게
둘레를 그리며 물러 나갔다. 순이는 자꾸 물을 퍼내었다.

한 동이를 여다 놓고 또 한 동이를 이러 왔을 제, 그가 벌써부
터 잡으려고 애쓰던 송사리 몇 마리가 겁 없이 동실동실 떠다니는
걸 보았다. 욜랑욜랑하는 그 모양이 퍽 얄미웠다. 숨소리를 죽이

고 가만히 두 손을 넣어서 움키려 하였건만 고놈들은 용하게 빠져 달아나곤 한다. 몇 번을 헛애만 쓴 순이는 고만 화가 더럭 나서 이번에는 돌멩이를 주워다가 함부로 물속의 고기를 때렸다. 제 얼굴에, 옷에, 물만 뛰었지 고놈들은 도무지 맞지를 않았다. 짜증이 나서 울고 싶다. 돌질로 성공을 못할 줄 안 그는 다시금 손으로 움켜 보았다. 그중에 불행한 한 놈이 마침내 순이의 손아귀에 들고 말았다. 손 새로 물이 빠져가자 제 목숨도 잦아 가는 것에 독살이나 낸 듯이 파득파득하는 꼴이 순이에게는 재미있었다. 얼마 안 돼서 가련한 물짐승은 죽은 듯이 지친 몸을 손바닥에 붙이고 있을 제, 잔인하게도 순이는 땅바닥에 태기를 쳤다. 아프다는 듯이 꼼지락하자 그만 작은 목숨은 사라졌건만, 그래도 아니 죽었거니 하고 순이는 손가락으로 건드려 보았다. 그래서 일순간 전에는 파득파득하고 살았던 그것이 벌써 송장이 된 것을 깨닫자 생명 하나를 없앴다는 공포심이 그의 뒷덜미를 짚었다. 그 자리에는 곧 송사리의 원혼이 날 듯싶었다. 갈팡질팡 물을 긷고 돌아서는 그는 누가 뒤에서 머리를 잡아당기는 듯하였다.

눈코를 못 뜨게 아침을 치르자마자 그는 또 보리를 찧어야 한다. 절구질을 하노라니 허리가 부러지는 것 같다. 무거운 절구에 끌려서 하마터면 대가리를 절구통 속에 찧을 뻔도 하였다. 팔이 떨어지는 것 같다. 그래도 그는 깽깽 하며 끝까지 절구질을 아니할 수가 없었다.

또 점심이다. 부랴부랴 밥을 다 지어서는 모심기하는 일꾼(거기는 자기 남편도 끼었다.)에게 밥을 날라야 한다. 국이며 밥을 잔뜩 담은 목판이 그의 정수리를 내려누르니 모가지가 자라의 그것같이 옴츠려지는 것은 물론이려니와 키까지 줄어든 듯하였다. 이래가지고 떼어 놓기 어려운 발길을 옮기며 삽짝 밖을 나섰다.

샛말갛게 개인 하늘엔 구름 한 점도 없고, 중천에 솟은 해님이 불 같은 볕을 내리퍼붓고 있었다. 질펀한 들에는 '흙의 아들'이 하얗게 흩어져, 응석 피우듯 어머니의 기름진 젖가슴을 철벅거리며 모내기에 한창 바쁘다. 그들의 굽혔다 폈다 하는 서슬에 옷으로 다여미지 못한 허리는 새까맣게 지져 놓은 듯하다. 염치없이 눈에까지 흘러드는 팥죽 같은 땀을 닦느라고 얼굴은 모두 흙투성이가 되었다. 그래도 한시라도 속히, 한 포기라도 많이 옮기려고 골똘한 그들은 뼈가 휘어도 괴로운 한숨 한 번 쉬지 않는다. 도리어 그들은 노래를 부른다. 가장 자유로운 곡조로 가장 신나게 노래를 부른다.

땅은 흠씬 젖은 물을 끓는 햇발에 바래이고 있다. 논두렁에 엉클어진 잡풀들은 사람의 발이 함부로 밟음에 맡기며 발이 지나가기를 기다려 고개를 쳐들고 부신 햇발에 푸른 웃음을 올리고 있다. 거기는 굳세게 힘 있게 사는 생명의 기쁨이 있고 더욱더욱 삶을 충실히 하려는 든든한 노력이 있었다. 간단히 말하면 건강이 넘치는 천지였다. 불건강한 물건의 존재를 허락지 않는 천지였다.

이 강렬한 광선의 바다, 싱싱한 공기를 마시기엔, 순이의 몸은 너무나 불건강하였다. 눈이 핑핑 내어둘리며 머리가 어찔어찔하였다. 온몸을 땀으로 미역 감기면서도 으쓱으쓱 한기가 들었다. 빗물이 고인 내를 건너뛰렬 제 물속에 잠긴 태양이 번쩍 하자 그의 눈앞은 캄캄해졌다. 문득 아침에 제가 죽인 송사리란 놈이 퍼드덕하고 내달으며 방어만치나 어마어마하게 큰 몸뚱어리로 그의 가느

길을 막았다. 속으로 '악!' 외마디 소리를 치며 몸을 빼쳐 달아나려고 할 제 그는 그만 무엇이 무엇인지 분간을 못하게 되었다.

누가 저의 머리채를 잡아서 뺑소니를 돌리는 듯한 느낌이었다. 그럴 사이에 그는 벼락 치는 소리를 들은 채 정신을 잃었다……

한참 만에야 순이는 깨어났건만, 본정신이 다 돌아오지는 않았다. 어리둥절하게 눈만 멀뚱거리고 있는 사이, 점심밥을 이고 나가던 일, 넓은 들에서 눈을 부시게 하던 햇발, 길을 막던 송사리 생각이 차례차례로 떠올랐다. 그러면 이고 가던 점심은 어떻게 되었는가 하면서 휘 사방을 둘러볼 겨를도 없이 그는 외마디 소리를 치며 몸을 소스라쳤다. 또다시 그 '원수의 방'에 누웠을 줄이야! 미친 듯이 마루로 뛰어나왔다. 그의 눈은 마치 귀신에게 홀린 사람 모양으로 두려움과 무서움에 호동그래졌다.

마당에 널어놓은 밀을 고밀개[8]로 젓고 있는 시어미는 뛰어나오는 며느리에게 날카로운 눈살을 던지었다.

국과 밥을 모두 못 먹게 만든 것은 그만두더라도 몇 개 아니 남은 그릇을 깨 두들긴 것이 한없이 미웠으되, 까무러치기까지 한 며느리를 일어나던 맡에 나무라기는 어려웠음이라.

"인제 정신을 차렸느냐? 왜 더 누워서 조리를 하지 방정을 떨고 나오니. 어서 방으로 들어가서 누웠으려무나."

부드러운 목소리를 짓느라고 매우 애를 쓰는 모양이다.

그래도 순이는 비실비실하는 걸음걸이로 부득부득 마당으로 내려온다.

"방에 들어가서 조리를 하래도 그래."

이번에는 어성이 조금 높아진다.

"싫어요, 싫어요. 괜찮아요."

순이는 방에 다시 들어가기가 죽기보다 싫었다.

"또 고분고분 말을 아니 듣고, 악지²를 부리는군."

하다가 속에서 치받치는 미움을 걷잡지 못하겠다는 듯이 고밀개 자루를 거꾸로 들 사이도 없이 시어미는 며느리에게로 달려들었다.

"요 방정맞은 년 같으니, 어쩌자고 그릇을 다 부수고, 아실랑아실랑 나오는 건 뭐냐. 요 얌치없는 년 같으니, 저번 장에 산 사발을 두 개나 산산조각을 맨들고……."

하고 푸념을 섞어 가며 고밀개 자루로 머리, 등, 다리 할 것 없이 함부로 뚜들기기 시작한다. 순이는 맞아도 아픈 줄을 몰랐다. 으스러지는 듯이 찌뿌드드한 몸에 툭툭 하고 때려지는 매가 도리어 괴상한 쾌감을 일으켰다.

"요런 악지 센 년 좀 보아! 어쩌면 맞아도 울지도 않고 요렇게서 있담?"

하고 또 한참 매질을 하다가 스스로 지친 듯이 고밀개를 집어던지며

"요년, 보기 싫다. 어서 부엌에 가서 저녁이나 지어라."

순이는 또 시키는 대로 부엌에 들어가서 밥을 안쳤다.

그럭저럭 하루해는 저물어 간다. 으슥한 부엌은 벌써 저녁이나 된 듯이 어둑어둑해졌다. 무서운 밤 지겨운 밤이 다시금 그를 향하여 시커먼 아가리를 벌리려 한다. 해 질 때마다 느끼는 공포심이 또다시 그를 엄습하였다. 번번이 해도 번번이 실패하는 밤 피할 궁

리로 하여 그의 좁은 가슴은 쥐어뜯기었다. 그럴 사이에 그 궁리는 나서지 않고 제 신세가 어떻게 불쌍하고 가엾은지 몰랐다. 수백 리 밖에 부모를 두고 시집을 온 일, 온 뒤로 밤마다 날마다 당하는 지긋지긋한 고생, 더구나 오늘 시어머니한테 두들겨 맞은 일이 한없이 서럽고 슬퍼서 솟아오르는 눈물을 걷잡을 수 없었다. 주먹으로 씻다가 팔까지 젖었건만 눈물을 그치지 않았다……. 그때였다. 누가 뒤에서 그의 어깨를 흔들었다. 순이는 무심코 돌아보자마자 간이 오그라 붙는 듯하였다. 낮일을 다하고 돌아왔음이리라. 그의 남편이 몸을 굽혀서 어깨 너머로 그를 데밀어 보고 있지 않은가. 그 볕에 그을은 험상궂은 얼굴엔 어울리지 않게 보드라운 표정과 불쌍해하는 빛이 역력히 흘렀다. 그러나 솔개에 채인 병아리 모양으로 숨 한 번 옳게 쉬지 못하는 순이는 그런 기색을 알아볼 여유도 없었다.

"왜 울어, 울지 말아, 울지 말아."

라고 꺽세인 목을 떨어뜨리어 위로를 하면서, 그 솥뚜껑 같은 손으로 우는 순이의 눈을 씻어 주고는 나가 버린다.

남편을 본 뒤로는 더욱 견딜 수 없었다. 가슴을 지질러서 숨길을 막는 바위, 온몸을 바스려 내는 쇠몽둥이……. 시방껏 흐르는 눈물도 간데없고, 다시금 이 지긋지긋한 밤 피할 궁리에 어린 머리를 짰다. 아니 밤 탓이 아니다. 온전히 그 '원수의 방' 때문이다. 만일 그 방만 아니면 남편이 또한 눈물만 씻어 주고 나갈 따름이다. 그 방만 아니면 그런 고통을 주려야 줄 곳이 없을 것이다. 그 원수의 방! 그 방을 없애 버릴 도리가 없을까? 입때 방을 피하려다가 뜻을 이루지 못한 순이는 인제 그 방을 없애 버릴 궁리를 하게 되었다.

밥이 보글 하고 넘었다. 순이는 솥뚜껑을 열려고 일어섰을 제 부뚜막에 얹힌 성냥이 그의 눈에 띄었다. 이상한 생각이 번개같이 그의 머리를 스쳐 지나간다. 그는 성냥을 쥐었다. 성냥 쥔 그의 손은 가늘게 떨리었다. 그러자 사면을 돌아볼 겨를도 없이 그 성냥을 품속에 감추었다. 이만하면 될 일을 왜 여태껏 몰랐던가 하면서 그는 생그레 웃었다.

그날 밤에 그 집에는 난데없는 불이 건넌방 뒤꼍 추녀로부터 일어났다. 풍세를 얻은 불길이 삽시간에 온 지붕에 번지며 훨훨 타오를 제, 그 뒷집 담 모서리에서 순이는 근래에 없이 환한 얼굴로 기뻐 못 견디겠다는 듯이 가슴을 두근거리며 모로 뛰고 세로 뛰었다……

고향

대구에서 서울로 올라오는 차중에서 생긴 일이다. 나는 나와 마주 앉은 그를 매우 흥미 있게 바라보고 또 바라보았다. 두루마기 격으로 기모노를 둘렀고 그 안에선 옥양목 저고리가 내어보이며 아랫도리엔 중국식 바지를 입었다. 그것은 그네들이 흔히 입는 유지 모양으로 번질번질한 암갈색 피륙¹으로 지은 것이었다. 그러고 발은 감발²을 하였는데 짚신을 신었고 고부가리³로 깎은 머리엔 모자도 쓰지 않았다. 우연히 이따금 기묘한 모임을 꾸미는 것이다. 우리가 자리를 잡은 찻간에는 공교롭게 세 나라 사람이 다 모이었으니 내 옆에는 중국 사람이 기대었다. 그의 옆에는 일본 사람이 앉아 있었다. 그는 동양 삼국 옷을 한 몸에 감은 보람이 있어 일본말로 곧잘 철철대이거니와 중국말에도 그리 서툴지 않은 모양이었다.

"도코마데 오이데 데스카⁴?"

하고 첫마디를 걸더니만 동경이 어떠니 대판이 어떠니, 조선 사람은 고추를 끔찍이 많이 먹는다는 둥, 일본 음식은 너무 싱거워서 처음에는 속이 뉘엿거린다는 둥, 횡설수설 지껄이다가 일본 사람이 엄지와 검지손가락으로 짧게 끊은 꼿꼿한 윗수염을 비비면서 마지못해 까딱까딱하는 고개와 함께 '소데스카[5]'란 한 마디로 코대답을 할 따름이요, 잘 받아 주지 않으매, 그는 또 중국인을 붙들고 실랑이를 한다.

"네쌍나얼취[6]?"

"니씽섬마[7]?"

하고 덤벼 보았으나 중국인 또한 그 기름 끼인 뚜한 얼굴에 수수께끼 같은 웃음을 띨 뿐이요 별로 대꾸를 하지 않았건만 그래도 무에라고 연해 웅얼거리면서 나를 보고 웃어 보였다.

그것은 마치 짐승을 놀리는 요술쟁이가 구경꾼을 바라볼 때처럼 훌륭한 제 재주를 갈채해 달라는 웃음이었다. 나는 쌀쌀하게 그의 시선을 피해 버렸다. 그 주적대는 꼴이 어쭙잖고 밉살스러웠음이다. 그는 잠깐 입을 닥치고 무료한 듯이 머리를 더억더억 긁기도 하며 손톱을 이로 물어뜯기도 하고 멀거니 창밖을 내다보기도 하다가 암만해도 지절대지 않고는 못 참겠던지 문득 나에게로 향하며

"어데꺼정 가는기오?"

라고 경상도 사투리로 말을 붙인다.

"서울까지 가오."

"그런기오? 참 반갑구마, 나도 서울꺼정 가는데 그러면 우리 동행이 되겠구마."

나는 이 지나치게 반가워하는 말씨에 대하여 무에라고 대답할
말도 없고 또 굳이 대답하기도 싫기에 덤덤히 입을 닫쳐 버렸다.

"서울에 오래 살았는기오?"

그는 또 물었다.

"육칠 년이나 됩니다."

조금 성가시다 싶었으되 대꾸 않을 수도 없었다.

"에이구 오래 살았구마, 나는 처음 길인데 우리 같은 막벌이꾼
이 차를 나려서 어데로 찾아가야 되겠는기오? 일본으로 말하면
'기진야도[8]' 같은 것이 있는기오?"

하고 그는 답답한 제 신세를 생각했던지 찡그려 보였다. 그때 나는
그의 얼굴이 웃기보다 찡그리기에 가장 적당한 얼굴임을 발견하였
다. 군데군데 찢어진 경성드뭇한 눈썹이 알알이 일어서며 아래로
축 처지는 서슬에 양미간에는 여러 가닥 주름이 잡히고 광대뼈 위
로 뺨 살이 실룩실룩 보이자 두 볼은 쪽 빨아든다. 입은 소태나 먹
은 것처럼 왼편으로 삐뚤어지게 찢어 올라가고, 조이던 눈엔 눈물
이 괴인 듯 삼십 세밖에 안 되어 보이는 그 얼굴이 십 년가량은 늙
어진 듯하였다. 나는 그 신산스러운 표정이 얼마쯤 감동이 되어서
그에게 대한 반감이 풀려지는 듯하였다.

"글쎄요, 아마 노동 숙박소란 것이 있지요."

노동 숙박소에 대해서 미주알고주알 묻고 나서

"시방 가면 무슨 일자리를 구하겠는기오?"

라고 그는 매어달리는 듯이 또 채쳤다.

"글쎄요? 무슨 일자리를 구할 수 있을는지요."

나는 내 대답이 너무 냉랭하고 불친절한 것이 죄송스러웠다. 그

러나 일자리에 대하여 아무 지식이 없는 나로서는 이외에 더 좋은 대답을 해줄 수가 없었던 것이다. 그 대신 나는 은근하게 물었다.

"어데서 오시는 길입니까?"

"흥, 고향에서 오누마."

하고 그는 휘 한숨을 쉬었다. 그러자 그의 신세타령의 실마리는 풀려나왔다. 그의 고향은 대구에서 멀지 않은 K군 H란 외딴 동리였다. 한 백 호 남짓한 그곳 주민은 전부가 역둔토[9]를 파 먹고살았는데 역둔토로 말하면 사삿집[10] 땅을 부치는 것보다 떨어지는 것이 후하였다. 그러므로 넉넉지는 못할망정 평화로운 농촌으로 남부럽지 않게 지낼 수 있었다. 그러나 세상이 뒤바뀌자 그 땅은 전부 동양척식주식회사의 소유에 들어가고 말았다. 직접으로 회사에 소작료를 바치게나 되었으면 그래도 나으련만 소위 중간 소작인이란 것이 생겨나서 저는 손에 흙 한번 만져 보지도 않고 동척엔 소작인 노릇을 하며 실작인에게는 지주 행세를 하게 되었다. 동척에 소작료를 물고 나서 또 중간 소작인에게 긁히고 보니 실작인의 손에는 소출의 삼 할도 떨어지지 않았다. 그 후로 '죽겠다' '못살겠다' 하는 소리는 중이 염불하듯 그들의 입길에서 오르내리게 되었다. 남부여대[11]하고 타처로 유리하는 사람만 늘고 동리는 점점 쇠진해 갔다.

지금으로부터 구 년 전 그가 열일곱 살 되던 해 봄에(그의 나이는 실상 스물여섯이었다. 가난과 고생이 얼마나 사람을 늙히는가.) 그의 집안은 살기 좋다는 바람에 서간도로 이사를 갔었다. 쫓겨 가는 이의 운명이어든 어디를 간들 신신하랴[12]. 그곳의 비옥한 전야도 그들을 위하여 열려질 리 없었다. 조금 좋은 땅은 먼저 간 이가 모조리 차지를 하였고 황무지는 비록 많다 하나 그곳 당도하던 날부터 아침거리 저녁거리 걱정이라, 무슨 행세로 적어도 일 년이란 장구한 세월을 먹고 입어 가며 거친 땅을 풀 수가 있으랴. 남의 밑천을 얻어서 농사를 짓고 보니 가을이 되어 얻는 것은 빈주먹뿐이었다. 이태 동안을 사는 것이 아니라 억지로 버티어 갈 제 그의 아버지는 우연히 병을 얻어 타국의 외로운 혼이 되고 말았다. 열아홉살밖에 안 된 그가 홀어머니를 모시고 악으로 악으로 모진 목숨을 이어 가던 중 사 년이 못 되어 영양 부족한 몸이 심한 노동에 지친 탓으로 그의 어머니 또한 죽고 말았다.

"모친꺼정 돌아갔구마."

"돌아가실 때 흰죽 한 모금도 못 자셨구마."

하고 이야기하던 이는 문득 말을 뚝 끊는다. 그의 눈이 번들번들함은 눈물이 쏟아졌음이리라. 나는 무엇이라고 위로할 말을 몰랐다. 한동안 머뭇머뭇이 있다가 나는 차를 탈 때에 친구들이 사 준 정종 병마개를 빼었다. 찻잔에 부어서 그도 마시고 나도 마시었다. 악착한 운명이 던져 준 깊은 슬픔을 술로 녹이려는 듯이 연거푸 다섯 잔을 마신 그는 다시 말을 계속하였다. 그 후 그는 부모 잃은 땅에 오래 머물기 싫었다. 신의주로 안동현으로 품을 팔다가 일본으로 또 벌이를 찾아가게 되었다. 구주 탄광에 있어도 보고 대판 철공장에도 몸을 담아 보았다. 벌이는 조금 나았으나 외롭고 젊은 몸은 자연히 방탕해졌다. 돈은 모을래야 모을 수 없고 이따금 울화만 치받치기 때문에 한곳에 주접[13]을 하고 있을 수 없었다. 화도 나고 고국산천이 그립기도 하여서 훌쩍 뛰어나왔다가 오래간만에 고향을 둘러보고 벌이를 구할 겸 구경도 할 겸 서울로 올라가는 길이라 한다.

"고향에 가시니 반가워하는 사람이 있습디까?"

나는 탄식하였다.

"반가워하는 사람이 다 뭔기오? 고향이 통 없어졌더마."

"그렇겠지요. 구 년 동안이면 퍽 변했겠지요."

"변하고 무어고 간에 아무것도 없더마. 집도 없고, 사람도 없고, 개 한 마리도 얼씬을 않더마."

"그러면 아주 폐동이 되었단 말씀이오?"

"흥, 그렇구마. 무너지다가 담만 즐비하게 남았더마. 우리 살던 집도 터야 안 남았겠는기오? 암만 찾아도 못 찾겠더마. 사람 살던 동리가 그렇게 된 것을 혹 구경했는기오?"

하고 그의 짜는 듯한 목은 높아졌다.

"썩어 넘어진 서까래, 뚤뚤 구르는 주추는! 꼭 무덤을 파서 해골을 헐어 젖혀 놓은 것 같더마. 세상에 이런 일도 있는기오? 백여호 살던 동리가 십 년이 못 되어 통 없어지는 수도 있는기오? 후!"

하고 그는 한숨을 쉬며 그때의 광경을 눈앞에 그리는 듯이 멀거니 먼 산을 보다가 내가 따라 준 술을 꿀꺽 들이켜고

"참! 가슴이 터지더마, 가슴이 터져."

하자마자 굵직한 눈물 두어 방울이 뚝뚝 떨어진다.

나는 그 눈물 가운데 음산하고 비참한 조선의 얼굴을 똑똑히 본 듯싶었다.

이윽고 나는 이런 말을 물었다.

"그래, 이번 길에 고향 사람은 하나도 못 만났습니까?"

"하나 만났구마, 단지 하나."

"친척 되시는 분이던가요?"

"아니구마, 한 이웃에 살던 사람이구마."

하고 그의 얼굴은 더욱 침울해진다.

"여간 반갑지 않으셨겠지요?"

"반갑다마다, 죽은 사람을 만난 것 같더마. 더구나 그 사람은 나와 까닭도 좀 있던 사람인데……."

"까닭이라니?"

"나와 혼인 말이 있던 여자구마."

"하—"

나는 놀란 듯이 벌린 입이 다물어지지 않았다.

"그 신세도 내 신세만이나 하구마."

하고 그는 또 이야기를 계속하였다. 그 여자는 자기보다 나이 두 살 위였는데 한 이웃에 사는 탓으로 같이 놀기도 하고 싸우기도 하며 자라났었다. 그가 열네댓 살 적부터 그들 부모 사이에 혼인 말이 있었고 그도 어린 마음에 매우 탐탁하게 생각하였었다. 그런 데 그 처녀가 열일곱 살 된 겨울에 별안간 간 곳을 모르게 되었다. 알고 보니 그 아비 되는 자가 이십 원을 받고 대구 유곽에 팔아먹 은 것이었다. 그 소문이 퍼지자 그 처녀 가족은 그 동리에서 못 살 고 멀리 이사를 갔는데 그 후로는 물론 피차에 한 번 만나 보지도 못하였다. 이번에야 빈터만 남은 고향을 구경하고 돌아오는 길에 읍내에서 그 아내 될 뻔한 댁과 마주치게 되었다. 처녀는 어떤 일 본 사람 집에서 아이를 보고 있었다. 궐녀[14]는 이십 원 몸값을 십 년을 두고 갚았건만 그래도 주인에게 빚이 육십 원이나 남았었는 데 몸에 몹쓸 병이 들고 나이 늙어져서 산송장이 되니까 주인 되 는 자가 특별히 빚을 탕감해 주고 작년 가을에야 놓아준 것이었다. 궐녀도 자기와 같이 십 년 동안이나 그리던 고향에 찾아오니까 거기는 집도 없고 부모도 없고 쓸쓸한 돌무더기만 눈물을 자아낼 뿐이었다. 하루해를 울어 보내고 읍내로 들어와서 돌아다니다가 십 년 동안에 한 마디 두 마디 배워 두었던 일본말 덕택으로 그 일본 집에 있게 된 것이었다.

"암만 사람이 변하기로 어째 그렇게도 변하는기오? 그 숱 많던 머리가 훌렁 다 벗어졌더마. 눈은 푹 들어가고 그 이들이들하던 얼굴빛도 마치 유산을 끼얹은 듯하더마."

"서로 붙잡고 많이 우셨겠지요?"

"눈물도 안 나오더마. 일본 우동집에 들어가서 둘이서 정종만 한 열 병 따려 누이고 헤어졌구마."

하고 가슴을 짜는 듯이 괴로운 한숨을 쉬더니만 그는 지난 슬픔을 새록새록이 자아 내어 마음을 새기기에 지치었음이더라.

"이야기를 다 하면 무얼 하는기오?"

하고 쓸쓸하게 입을 다문다. 내 또한 너무도 참혹한 사람살이를 듣기에 쓴물이 났다.

"자, 우리 술이나 마저 먹읍시다."

하고 우리는 서로 주거니 받거니 한 되 병을 다 말리고 말았다. 그는 취흥에 겨워서 우리가 어릴 때 멋모르고 부르던 노래를 읊조리었다.

볏섬이나 나는 전토는

신작로가 되고요—

말마다나 하는 친구는

감옥소로 가고요—
담뱃대나 떠는 노인은
공동묘지 가고요—
인물이나 좋은 계집은
유곽으로 가고요—

할머니의 죽음

'조모주 병환 위독.'

　삼월 그믐날, 나는 이런 전보를 받았다. 이는 ××에 있는 생가에서 놓은 것이니 물론 생가 할머니의 병환이 위독하단 말이다. 병환이 위독은 하다 해도 기실 모나게 무슨 병이 있는 게 아니라, 벌써 여든을 둘이나 넘은 그 할머니는 작년 봄부터 시름시름 기운이 쇠진해서 가끔 가물가물하기 때문에 그동안 자손들로 하여금 한두 번 바쁜 걸음을 많이 치게 하였다.

　그 할머니의 오 년 맏이인 양조모는 갑자기 울기 시작하였다.

　"아이고…… 이승에서는 다시 못 보겠다. 동서라도 의로 말하면 친형제나 다름이 없었다……. 육십 년을 하로같이 어데 뜻 한번 거슬려 보았을까……."

　연해연방 이런 넋두리를 섞어가며 양조모는 울었다. 운다 하여도 눈 가장자리가 붉어지고 목소리가 떨릴 뿐이있다. 워낙 언만한¹

그는 제법 울음답게 울 근력조차 없었다.

"그래도 그 할머님은 팔자가 좋으시다. 자손이 늘은 듯하고……
아이고."

끝으로 이런 말을 하며 울음이 한숨으로 변하였다. 자기가 너무
수한² 까닭으로 외동자들을 앞세워, 원이 되고 한이 되어 노상 자
기의 생을 저주하는 그는 아들이 둘(본래 셋이더니 그중에 중부가 일
찍이 돌아갔다.), 직손자가 여덟이나 되는 그 할머니를 언제든지 부
러워하였다.

"지금 돌아가시면 호상이지. 아드님의 백발이 허연데."
라고 양모도 맞방망이를 치며 눈을 멍하게 뜬다. 나도 과연 그렇기
도 하겠다 싶었다.

나는 그날 밤차로 ××를 향하고 떠났다.

새로 석 점이 지나 기차를 내린 나는 벌써 돌아가시지나 않았나
고 염려를 마지않으며, 캄캄한 좁은 골목을 돌아들어 생가의 삽짝³
가까이 다다를 제, 곡성이 나는 듯 나는 듯하여 마음이 조마조마하
였다. 하건만 다행히 그 불길한 소리는 들리지 않았다. 삽짝은 빠끔
히 열려 있었다.

마당에 들어서니 추녀 끝에 달린 그름⁴ 앉은 괘등이 간 반밖에
아니 되는 마루와 좁직한 뜰을 쓸쓸하게 비쳐 있었다. 우물 둑과
장독간의 사이에 위는 거적으로 덮고 양 가는 삿자리로 두른 울막
을 보고, 나는 가슴이 덜컥하고 내려앉았다. 상청⁵이 아닌가?

그러나 나의 어림짐작은 틀리었다. 마루에 올라선 내가 안방,
아랫방에서 뛰어나온 잠 못 잔 피로한 얼굴들에게 이끌리어 할머
니의 거처하는 단칸 건넌방으로 들어가니, 할머니는 까라진 듯이

아랫목에 누웠으되 오히려 숨은 붙어 있었다. 그 앞에 앉는 나를 생선의 그것 같이 흐릿한 눈자위로 의아롭게 바라본다.

"얘가 누구입니까? 어머니, 얘가 누구입니까?"

예안 이씨로 예절 알기와 효성 있기로 집안 중에 유명한 중모는 나를 가리키며 병자의 귀에 대고 부르짖었다.

"몰라……."

환자는 담이 그르렁그르렁하면서 귀찮은 듯이 대꾸하였다.

"제가 누구입니까? 할머니!"

나는 그 검버섯이 어룽어룽한 뼈만 남은 손을 만지며 물어보았다. 나의 소리는 떨리었다.

"저를 모르시겠습니까? 제가 ○○이 아닙니까?"

"응, 네가 ○○이냐……."

우는 듯이 이런 말을 하고, 그윽하나마 내가 잡은 손에 힘을 주는 듯하였다. 그 개개풀린 눈동자 가운데도 반기는 빛이 역력히 움직였다.

할머니의 병환이 어젯밤에는 매우 위중해서 모두 밤새움을 한 일, 누구누구 자손을 찾던 일, 그중에 내 이름도 부르던 일, 지금은 팔걸 돌린 일……, 온갖 것을 중모는 나에게 가르쳐 주었다.

나는 그날 밤을 누울락 앉으락 깰락 졸락 할머니 곁에서 밝히었다. 모였던 자손들이 제각기 돌아간 뒤에도 중모만은 할머니 곁을 떠나지 않았다. 불교의 독신자인 그는 잠 오는 눈을 비비기도 하고 기침으로 목청을 가다듬기도 하면서 밤새도록 염불을 그치지 않았다. 그 소리는 적적한 새벽녘에 해가[6]와 같이 처량히 들리었다. 나는 새삼스럽게 그 효심의 지극함과 그 정성의 놀라움에 탄복하였다.

　아침저녁으로 각지에 흩어져 있는 자손들이 모여들기 시작하였
다. 방이라야 단지 셋밖에 없는데, 안방은 어머니, 형수들이 점령
하고, 뜰아랫방 하나 있는 것은 아버지, 삼촌, 당숙들에게 빼앗긴
우리 젊은이패—사륙촌 형제들은 밤이 되어도 단 한 시간을 눈 붙
일 곳이 없었다. 이웃집과 누누이 교섭한 끝에 방 한 칸을 빌려서
번차례로 조금씩 쉬기로 하였다. 이 짧은 휴식이나마 곰부임부[7] 교
란되었나니 그것은 십 분들이로 집에서 불러들이는 까닭이다. 아
버지와 삼촌네들의 큰 심부름, 잔심부름도 적지 않았지만 할머니
곁에 혼자 앉은 중모의 꾸준한 명령일 때가 많았다. 더욱이 밤새
한 시에나 두 시에나 간신히 잠을 들어 꿀보다 더 단잠이 온몸에
나른하게 퍼진 새벽녘에, 우리는 끄들리어 일어나는 수밖에 없었
다.

　"할머님 병환이 이렇듯 위중하신데 너희는 태평 치고 잠을 잔
단 말이냐?"

　우리가 건넌방에 들어서면 그는 다짜고짜로 야단을 쳤다. 그중
에도 가장 나이 어리고 만만한 내가 이 꾸중받이가 되었다. 인정
사정없는 그의 태도가 불쾌는 하였지만 도덕적 우월을 아는 우리
는 대꾸 한마디 할 수 없었다.

　"다들 뭐란 말이냐. 나는 한 달이나 밤을 새웠다. 며칠들이나
된다고."

　졸음 오는 눈을 비비는 우리를 보고 그는 자랑스럽게 또 이런
꾸중도 하였다.

'놀라운 효성을 부리는 게 도무지 우리 야단칠 밑천을 장만하는 게로구나.'

나는 속으로 꿀꺽꿀꺽하며 이런 생각을 하였다.

한번은 또 그의 명령으로 우리는 건넌방에 모여들었다. 그 방문은 열어젖히었는데 문지방 위에 할머니의 지팡이가 놓이고 그 밑에 또 신으시던 신이 놓여 있었다. 방 안 할머니의 머리맡 벽에는 다라니[8]가 걸리었다.

'할머니가 운명을 하시나 부다!'

우리는 번개같이 이런 생각을 하며 할머니 곁으로 다가들었다. 그는 담을 그르렁거리며 혼혼히[9] 누워 있었다. 중모는 흐르는 눈물을 걷잡지 못하며, 그의 귀에 들이대고 울음소리로 아미타불과 지장보살을 구슬프게 부르짖고 있었다.

한동안 엄숙한 긴장이 여기 있었다. 모두 같은 일을 기대하면서.

십 분! 이십 분! 환자의 신상에는 아무 별증이 나타나지 않았다.

"아마, 잠이 드신 모양입니다."

이윽고 아버지가 이 긴장한 침묵을 깨뜨렸다. 그리고 중모를 향하여

"잠 주무시게스리 염불을 고만 외십시오."

하고 나가 버렸다. 그 뒤를 따라 빽빽하게 들어섰던 자손들이 하나씩 둘씩 헤어졌다.

그래도 눈물을 섞어 가며 염불을 마지않던 중모가 얼마 뒤에 제물에 부처님 찾기를 그쳤다. 그리고 끝끝내 남아 있던 나에게,

할머니가 중부가 왔다고 하던 일, 자기를 데리러 교군이 왔다던 일, 중모의 손을 잡아 비틀며 어서 가자고 야단을 치던 일을 이야기하였다. 그러다가 숨구멍에서 무엇이 꿀꺽하더니 그만 저렇게 정신을 잃으신 것을 설명해 듣기었다.

그날 저녁때에 할머니는 여상히[10] 깨어났었다. 이런 일이 한두 번이 아니었다. 몇 번이나 신과 지팡이가 놓였다 치웠다, 다라니가 벽에 걸리었다 떼었다 하였다. 그러는 동안에 자손의 얼굴은 자꾸자꾸 축이 나갔었다. 말하기는 안되었지만 모두 불언 중에 할머니의 하루바삐 끝장나기를 기다리고 있었다. 관조차 맞추어서 칠까지 먹여 놓았다. 내가 처음 오던 날 상청이 아닌가고 놀라던 그 울막도 이 관을 놓아두려는 의지간[11]이었다.

그러하건만 할머니는 연해 한 모양으로 그물그물하다가 또 정신을 차리었다. 아니, 정신이 돌아오는 때가 도리어 많아간다. 자기 앞에 들어서는 자손들을 거의 틀림없이 알아맞히었다.

그리고 가끔 몸부림을 치면서 일으켜달라고 야단을 쳤다. 이럴 때에 중모는 기벽스럽게도 염불을 모시었다.

"어머니 어머니, 가만히 계셔요, 가만히 계셔요."

그는 몸부림하는 할머니를 제지하면서 이렇게 타일렀다.

"저를 따라 염불을 외셔요. 나무아미타불, 나무아미타불."

"나 일어날란다."

"에그, 왜 그리셔요? 가만히 계세요, 제발 덕분에. 나무아미타불, 나무아미타불……."

"나무아미타불, 나무아미타불."

할머니는 마지못하여 중모를 따라 두어 번 입술을 달싹달싹하

더니 또 얼굴을 찡그리며 애원하는 어조로

"인제 고만 뫼시고 날 좀 일으켜다고. 내 인제 고만 가련다."

"인제 가셔요! 가만히 누워 가시지요. 왜 일어나시긴. 나무아미타불…… 왕생극락…… 나무아미타불……."

할머니는 귀찮아 못 견디겠다는 듯이 팔을 내어저으며

"듣기 싫다! 염불 소리 듣기 싫다! 인제 고만 해라."

하며 몸을 일으키려고 애를 쓴다.

"그게 무슨 말씀입니까?"

중모는 질색을 하며 더욱 비장하게 부처님을 찾았다.

"듣기 싫다! 듣기 싫어. 나는 고만 갈 테야."

할머니는 또 이렇게 재우쳤다.

나는 이 광경을 보고 적이 의외의 감이 있었다— 할머니는 중모보다 못하잖은 불교의 독신자이다. 몇 십 년을 하루같이 새벽마다 만수향[12]을 켜 놓고, 염불 모시기를 잊지 않은 어른이다. 정신이 혼혼된 뒤에도 염주 담은 상자와 만수향만은 일일이 아랑곳하던 어른이다.

"……하로도 만수향을 세 갑 네 갑 켜시겠지. 금방 사다 드리면 세 개씩 네 개씩 당장 다 켜 버리시고 또 안 사 온다고 꾸중이시구나……."

작년 가을 내가 귀성하였을 제, 계모가 웃으며, 할머니의 노망 이야기를 하는 가운데 만수향 켜는 것을 그 하나로 헤아렸다.

그러하던 할머니가 왜 지금 와서 염불을 듣기 싫다는가? 그다지 할머니는 일어나고 싶으신가? 죽어 가면서도 일어나려는 이 본능 앞에는 모든 것이 권위를 잃는 것인가?

"저렇게 일어나시려니 좀 일으켜 드리지요."

나는 보다 못해 이런 말을 하였다.

"안 된다, 일으켜 드릴 수가 없다. 하도 저러시길래 한번 일으켜 드렸더니 어떻게 아파하시는지 차마 뵈올 수가 없었다."

"어째 그래요?"

나는 이렇게 반문하였다. 이 반문에 대한 중모의 설명은 더욱 놀랄 것이었다.

할머니가 작년 봄부터 맑은 정신을 잃은 결과에 늙은이가 어린애 된다고 뒤를 가리지 않게 되었다. 게다가 이 두어 달 전부터 무엇을 자꾸 청해 잡수시고 옷에고 요 바닥에 함부로 뒤를 보았다. 그것을 얼른 빨아 드리지 못한 때문에 제풀에 뭉켜지고 말라붙은데다가 뜨거운 불목에 데이어 궁둥이 언저리가 모두 벗겨졌다. 그러므로 일어나려면 그곳이 당기고 배기어 아파하는 것이라 한다.

이 말을 들은 나는 할머니를 모로 누이고 그 상처를 보았다. 그 자리는 손바닥 넓이만치나 빨갛게 단 쇠로 지진 듯이 시커멓게 벗겨졌는데 그 위에는 하얀 해가 징그럽게 끼었고 그 가장자리는 독기를 품고 아른아른히 부르터 올라 있다. 나는 차마 더 볼 수가 없었다!

이것이 무슨 일인가! 양조모, 양모가 부러워하던 늘은 듯한 자손은 다 무엇을 하고 우리 할머니를 이 지경이 되게 하였는가? 왜 자주 옷을 갈아입혀 드리며 빨아 드리지 못하였는가? 나는 이 직접 책임인 계모가 더할 수 없이 괘씸하였다.

그러나 가만히 생각해 보면 그를 그르다고도 할 수 없다. 위에도 말하였거니와 할머니가 이리 된 지는 하루이틀이 아니다. 벌써 몇 달이 되었다. 이 긴 시일에 제 아무리 효부라 한들 하루도 몇 번을 흘리는 뒤를 그때 족족 빨아 낼 수 없으리라. 더구나 밤에 그런 것이야 일일이 알 수도 없으리라. 하물며 계모는 시집오던 첫날밤부터 골머리를 앓으리만큼 큰 병객이다. 병명은 의원을 따라 혹은 변두머리[13]라고도 하고, 혹은 뇌진이라고도 하고, 혹은 선천부족[14]이라고도 하였지마는 하나도 고쳐 주지는 못하였다.

삼십이 될락 말락 하건만 육십이나 칠십이 다 된 노인 모양으로 주야장천 자리보전하고 누워 있는 터이다. 제 몸이 괴로우니 모든 것이 싫은 것이다. 그리고 나까지 아우르면 아버지 슬하에 아들만 넷이나 되건마는 지금 육십 노경에 받드는 어느 아들 어느 며느리 하나 없다. 집안이 넉넉지 못한 탓으로 사방에 흩어져서 제 입 풀칠하기에 눈코를 못 뜨는 까닭이다.

이 책임을 누구에게 돌릴까? 나는 알 수가 없었다. 쓴 물만 입안에 돌 뿐이었다.

그 후에 또 이런 일이 있었다. 어느 때 내가 할머니 곁에 갔을 적이었다. 할머니는 그 뼈만 남은 손으로 나의 손을 만지고 있었다.

"○○아, ○○아!"

할머니는 문득 나를 불렀다.

"인제는 다시 못 보겠다, 인제는 다시 못 보겠다."

"왜 그런 말씀을 하십니까?"

"인제 내가 안 죽니? 그런데 너 내 청 하나 들어주겠니?"

"네? 무슨 말씀입니까?"

"나, 날 좀 일으켜다고."

나는 눈물이 날 듯이 감동하였다. 어찌 차마 이 청을 떼칠 건가. 나는 다짜고짜로 두 손을 할머니 어깨 밑으로 넣으려 하였다. 이것을 본 중모는 깜짝 놀라며 나를 말리었다.

"애, 네가 왜 또 그러니? 일으켜 드리면 아파하신대도 그 애가 그러네."

"그때 약을 사다 드렸으니 그 자리가 인제는 아물었겠지요."

나는 데었단 말을 듣는 그날, 약 사다 드린 것을 생각하고 이런 말을 하였다.

"아니야, 아직 다 낫지 않았어. 오늘 아침에도 일으켜 드렸더니 몹시 아파하시더라."

나는 주춤하였다. 할머니의 앓는 것이 애처로웠음이다.

"어머니! 어머니! 가만히 누워 계세요. 네? 일어나시면 아프십니다."

중모는 또 잔상히[15] 타이르듯 말하였다. 할머니는 물끄러미 나와 중모를 번갈아 보시더니 단념한 듯이 눈을 감았다. 한참 앉아 있다가 나는 몸을 일으켰다. 이때에 할머니가 눈을 번쩍 뜨며 문득

"어데를 가?"

라고 물었다. 나는 주춤 발길을 멈추었다.

할머니는 퀭한 눈으로 이윽히 나를 쳐다보더니 무엇을 잡을 듯이 손을 내어저으며 우는 듯한 소리로

"서방님! 제발 나를 좀 일으켜 주십시오. 서방님! 제발 나를 좀 일으켜 주십시오."

라고 부르짖었다.

"에그머니! 그게 무슨 말씀입니까? 그 애가 ○○이 아닙니까?

서방님이 무엇이야요?"

중모는 바싹 할머니에게 다가들며 애처롭게 가르쳐 드렸다. 이때 마침 할머니의 잡수실 배즙을 가지고 들어오던 둘째 형수가 무슨 구경거리나 생긴 듯이 안방을 향하고 외쳤다.

"에그, 할머니! 좀 보아요. 서울 아지버님더러 서방님! 서방님! 하십니다."

이 외침을 듣고 자부와 손부들은 모여들었다. 그들의 눈은 호기심에 번쩍이고 있었다.

나는 또 할머니의 청을 물리칠 수는 없었다. 그것이 어떠한 나쁜 영향을 초치[16]할지라도 아니 일으켜 드릴 수가 없었다.

그러나 할머니는 요 바닥 위로 반 자를 떠나지 못하여

"아야야……"

라고 외마디소리를 쳤다. 나는 얼른 들어 올리던 손을 빼는 수밖에 없었다.

다시금 눕기 싫어하던 요 위에 누운 뒤에도 할머니는 앓기를 마지않았다. 나는 적지 아니한 꾸중을 모시었다.

이윽고 조금 진정이 되더니만 또 팔을 내저으며 기를 쓰고 가슴을 덮은 이불자락을 자꾸자꾸 밀어 내리었다. 감기나 들까 염려하는 중모는 그것을 꾸준히 도로 집어 올리었다.

할머니는 또 손을 내어밀더니 이번에는 내 조끼 단추를 붙잡아 당기었다.

"왜 이리 하십니까? 단추를 빼란 말씀입니까?"

할머니는 고개를 끄덕이었다. 끄덕였다 하여도 끄덕이려는 의사를 보였을 뿐이었다. 나는 단추 한 개를 뺐다. 그래도 할머니는 자꾸 조끼의 단추와 씨름을 마지아니하였다. 나는 단추를 낱낱이 빼는 수밖에 없었다. 그러고 나니 그는 또 옷고름과 실랑이를 시작하였다.

"옷고름을 끄를까요?"

"응."

나는 또 옷고름을 끌렀다. 끄른 뒤엔 할머니는 또 소매를 잡아당기었다.

"왜 이리 하셔요?"

"버 벗어라…… 답답지 않니?"

여기저기서 물어 멈추려고 애쓰는 웃음이 키키 하였다.

나는 경멸과 모욕의 시선을 그들에게 던지었다. 자기가 얼마나 답답하고 갑갑하기에 나의 단추 끼인 옷과 옷고름 맨 것과 저고리 입은 것조차 답답해 보일 것이랴! 여기는 쓰디쓴 눈물과 살을 저미는 슬픔이 있어야 하겠거늘 이 기막힌 광경을 조소로 맞아야 옳을까?

나는 곧 그들에게 침이라도 뱉고 싶었다. 하되 나의 마음을 냉정하게 살펴본즉 슬프다! 나에게는 그들을 모욕할 권리가 없었다. 형수들 앞에서 앞가슴을 풀어 젖히려는 할머니가 민망스럽기도 하고 딱하기도 하였다. 환자를 가엾다 생각하면서도 나의 속 어디인지 웃음이 움직인 것은 부정할 수 없는 사실이었다. 더구나 내가 젊은이 패가 모인 이웃집 방에 들어갔을 때 무슨 재미스러운 일이나 보고 온 사람 모양으로 득의양양히 이 이야기를 하고서 허리를 분질렀다…….

거기에서는 할머니의 병세에 대하여 의논이 분분하였다. 그들은 하나도 한가한 이가 없었다. 혹은 변호사, 혹은 은행원, 혹은 회사원으로 다 무한년[17]하고 있을 수 없는 형편이었다.

"나는 암만해도 내일은 좀 가 보아야 되겠는데…… 나는 그 전보를 보고 벌써 돌아가신 줄 알았어. 올 때에 친구들이 북포[18]니 뭐니 부의를 주길래 아직 돌아가시지도 않았는데 이게 웬일이냐 하니까, 그 사람들 말이 돌아가셔도 자손들에겐 그렇게 전보를 놓느니, 하데그려. 그래 모두 받아 왔는데…… 허허허……."

그중에 제일 연장자로, 쾌활하고 말 잘하는 백형은 웃음 섞어 이런 말을 하고 있었다.

"……암만해도 오늘내일 돌아가실 것 같지는 않은데…… 이거 큰일 났는걸. 가는 수도 없고……."

"딴은 곧 돌아가실 것 같지는 않아……."

은행원으로 있는 육촌은 이렇게 맞방망이를 쳤다.

"의사를 불러서 진단을 해보는 것이 어떨까요?"

부산 방직회사에 다니는 사촌이 이런 제의를 하였다.

"옳지. 참 그래 보아야 되겠군."

아버지께 이 사연을 아뢰었다.

"시방 그물그물하시지 않나? 그러면 하여간 의원을 좀 불러올까?"

의원은 아버지와 절친한 김주부를 청해 오기로 하였다.

갓을 쓴 그 의원은 얼마 아니 되어 미륵 같은 몸뚱어리를 환자 방에 나타내었다. 매우 정신을 모으는 듯이 눈을 내리감고는 한나절이나 집맥을 하더니 고개를 절레절레 흔들며 물러앉는다.

"매우 말씀하기 안되었소마는 아마 오늘 밤 아니면 내일은 못 넘길 것 같소."

매우 말하기 어려운 듯이, 기실 조금도 말하기 어렵지 않은 듯이 그 의원은 최후의 판결을 언도하였다.

"글쎄 그래. 워낙 노쇠하셔서 오래 부지를 하실 수 없지……."

그러면 그렇지 하는 얼굴로 아버지는 맞방망이를 쳤다.

가려던 자손은 또 붙잡히었다. 그러나 할머니는 그날 저녁부터 한결 돌리었다. 가끔 잡수실 것을 찾기도 하였다. 잡숫는 건 쭉하여야 배즙, 국물에 만 한 술도 안 되는 진지였다. 죽과 미음은 입에 대기도 싫어하였다. 그리고 전일에 발라 드린 양약이 효험이 나서 상처가 아물었던지 자부와 손부에게 부축되어 꽤 오래 일어나 앉아 있게도 되었다.

그 이튿날이 무사히 지나가자 한의의 무지를 비소하고, 다른 것은 몰라도 환자의 수명이 어느 때까지 계속될 시간 아는 데 들어서는 양의가 나으리란 우리 젊은 패의 주장에 의하여 ○○의원 원장으로 있는 천엽 의학사를 불러오게 되었다.

그는 진찰한 결과에 다른 증세만 겹치지 않으면 이삼 주일은 무려하리라 하였다.

"그래, 그저 그럴 거야. 아직 괜찮으신데 백주에 서둘고 야단을 하였지."

하고 일이 바쁜 백형은 그날 밤으로 떠나갔다.

그 이튿날 아침이었다.

우리가 집에 돌아오니까 할머니 곁을 떠난 적 없던 중모가 마당에서 한가롭게 할머니의 뒤 흘린 바지를 빨고 있다가 웃는 낯으로 우리를 맞으며

"할머님이 오늘 아침에는 혼자 일어나셨다. 시방 진지를 잡수시

고 계시다. 어서 들어가 보아라."

나는 뛰어 들어갔다. 자부와 손부의 신기해 여기는 시선을 받으면서 할머니는 정말 진지를 잡숫고 있었다.

나는 빙글빙글 웃으며

"할머니, 어떻게 일어나셨습니까?"

할머니는 합죽한 입을 오물오물하여 막 떠 넣은 밥 알맹이를 삼키고

"내가 혼자 일어났지, 어떻게 일어나긴. 흉악한 놈들! 암만 일으켜 달라니 어데 일으켜 주어야지. 인제 나 혼자라도 일어난다."

하며 자랑스럽게 대답하였다.

"어제 의원이 왔지요. 인제 할머니가 곧 나으신대요."

"정말 낫겠다고 하던? 응?"

하고 검버섯 핀 주름을 밀며, 흔연한 웃음의 그림자가 오래간만에 그의 볼을 스치었다.

나의 눈엔 어쩐지 눈물이 핑 돌았다.

그날 밤차로 모였던 자손들은 제각기 흩어졌다. 나도 그날 밤에 서울로 올라왔다.

어느 아름다운 봄날이었다. 말갛게 개인 하늘은 구름 한 점도 없고 아른아른한 아지랑이가 그 하늘거리는 깁[19] 올로 봄 비단을 짜내는 어느 아름다운 봄날이었다. 나는 깨끗하게 춘복을 차리고 친구 몇몇과 우이동 앵화 구경을 막 나가려던 때였다. 이때에 뜻 아니한 전보 한 장이 닥치었다.

'오전 삼 시 조모주 별세.'

주석

*빈처

1. 모본단 중국이 원산지인 비단의 하나로 짜임이 곱고 윤이 나며 무늬가 아름답다.
2. 기구 세간, 도구, 기계 따위를 통틀어 이르는 말.
3. 권연 '궐련'의 옛말. 궐련은 얇은 종이로 가늘고 길게 말아 놓은 담배.
4. 설설하다 자질구레한. 잘고 시시해 대수롭지 않은.
5. 시러베아들놈 실없는 사람을 욕으로 이르는 말.
6. 밥소라 밥, 떡국, 국수 따위를 담는 큰 놋그릇으로 여기서는 살림에 보탬이 된다는 뜻.
7. 발명 죄나 잘못이 없음을 말하여 밝힘.
8. 몰풍스럽다 성격이나 태도가 정이 없고 냉랭하며 퉁명스러운 데가 있다.
9. 심골 마음과 뼈를 아울러 이르는 말.
10. 등피(燈皮) 등불이 꺼지지 않도록 바람을 막고 불빛을 밝게 하기 위하여 남포등에 씌우는 유리로 만든 물건.
11. 금자(金字) 금박을 올리거나 금빛 수실로 수를 놓거나 금물로 써서 금빛이 나는 글자.
12. 지나(支那) 중국의 다른 이름으로, 최초로 중국을 통일한 '진'의 음을 땄다는 설이 유력하다.
13. 천품 타고난 기품.
14. 말유(末由)하다 보잘것없다.
15. 실심하다 근심 걱정으로 맥이 빠지고 마음이 산란하여지다.
16. 창경(窓鏡) 창문에 단 유리.
17. 자비(自卑)하다 스스로 자기 자신을 낮추다.
18. 정지(情地) 딱한 사정에 있는 처지.
19. 청목당혜 흰 바탕이나 붉은 바탕에 푸른 무늬를 놓은 가죽신.
20. 애연하다 슬픈 듯하다.
21. 차인 임시 심부름꾼으로 부리는 사람.
22. 기미(期米) 현물 없이 미곡을 사고파는 일. 미곡의 시세를 이용하여 약속만으

로 거래하는 일종의 투기 행위.

23. 혹사하다 아주 비슷하다.

24. 흉흉(洶洶)하다 물결이 세차고 물소리가 매우 시끄럽다.

*술 권하는 사회

1. 오락지 '오라기'의 방언. 오라기는 실, 헝겊, 종이, 새끼 따위의 길고 가느다란 조각.

2. 부급하다 책 상자를 진다는 뜻에서 나온 말로, 타향으로 공부하러 간다는 의미.

3. 곰 고기 등을 진하게 우려낸 국.

4. 급거히 몹시 서둘러 급작스러운 모양.

5. 이취자 술이 몹시 취하여 곤드레만드레한 사람.

6. 파수(破羞) 부끄러워하지 않음.

7. 고소(苦笑)하다 어이가 없거나 마지못하여 웃음을 짓다.

8. 유위유망 능력이 있어 쓸모가 있으며 잘될 전망이 있음.

9. 재우치다 빨리 몰아치거나 재촉하다.

*희생화

1. 진심갈력(盡心竭力) 마음과 힘을 있는 대로 다함.

2. 기한 굶주리고 헐벗어 배고프고 추움.

3. 난만하다 꽃이 활짝 많이 피어 화려하다.

4. 월계화 장미과의 상록활엽 관목으로, 5월에서 가을까지 홍자색이나 연분홍의 꽃이 피고 둥근 열매가 붉게 익음.

5. 위황 밝게 반짝반짝 빛나는.

6. 화판(花瓣) 꽃잎.

7. 오열성(嗚咽聲) 목이 메어 우는 소리.

8. 종작없다 말이나 태도가 똑똑하지 못하여 종잡을 수가 없다.

9. 어원(御苑) 궁궐 안에 있던 동산과 정원.

10. 만단홍금 갖가지 붉은색 비단.

11. 중인총중(衆人叢中) 많은 사람 가운데.

12. 추수 맑고 명랑한 눈매를 비유적으로 이르는 말.

13. 수색(羞色) 부끄러워하는 기색.

14. 기착(氣着) 구령어 '차렷'을 이르던 말.

15. 연연(戀戀)히 애틋할 정도로 그립게.

16. 수색(愁色) 근심스러운 기색.

17. 화용 꽃같이 아름다운 여자의 얼굴.

18. 염천 몹시 더운 날씨.

19. 취색(翠色) 남색과 파랑의 중간색.

20. 진고개 현재의 명동.

21. 유객(遊客) 하는 일 없이 놀고 지내는 사람.

22. 녹수 푸른 잎이 우거진 나무.

23. 방초 향기로운 풀.

24. 모색 해 질 무렵의 경치.

25. 탈기 몹시 지쳐서 기운이 빠짐.

26. 소회 마음에 품은 생각.

27. 동곳을 빼다 '동곳'은 상투를 튼 뒤에 풀어지지 않게 꽂는 물건으로, '동곳을 빼다'는 머리를 풀고 잘못을 인정한다는 뜻이다.

28. 여자가 수약이나 위모즉강 비록 여자는 약하지만 어머니는 강하다는 말.

29. 전성(顫聲) 떨리어 나오는 소리.

30. 유숙 남의 집에서 묵음.

31. 일엽편주 한 척의 조각배.

32. 상서 웃어른에게 글을 올림.

33. 하서 웃어른이 주신 편지.

34. 진세 속세.

35. 작야(昨夜) 어젯밤.

36. 호음(好音) 좋은 소식.

37. 양협(兩頰) 두 뺨.

38. 일판 어떤 지역의 전부.

39. 일부함원에 오월비상 여자가 한을 품으면 오월에도 서리가 내린다.

40. 홉뜨다 눈알을 위로 굴리고 눈시울을 위로 치뜨다.

41. 수괴(羞愧) 부끄럽고 창피스러워 볼 낯이 없음.

42. 전정(前程) 앞길.

43. 수란하다 시름이 많아서 정신이 어지럽다.

44. 창경 유리창.

45. 임금 능금, 사과.

46. 황엽 노랗게 물든 식물의 잎.

47. 옥기 옥과 같이 희고 아름다운 살갗.

48. 금심(錦心) 비단같이 부드럽고 아름다운 마음.

49. 수장(繡腸) 수를 놓은 마음. 시문에 뛰어난 사람 또는 그 시상을 일컫는 말.

*운수 좋은 날

1. 새려 고사하고, 그만두고, 커녕을 뜻하는 '새로에'의 잘못.

2. 조랑복 조롱복. 아주 짧게 타고난 복.

3. 푼푼하다 여유가 있고 넉넉하다.

4. 고구라 고쿠라오리. 굵은 실로 두껍게 짠 면직물. 규슈의 고쿠라 지방에서 많
    이 생산되었음.

5. 노박이 줄곧 계속하여, 붙박이로.

6. 원원이 본디부터, 원래부터.

7. 추기 송장이 썩어서 흐르는 물 또는 그 냄새.

8. 삿자리 갈대를 꺾어 만든 자리.
9. 시진하다 기운이 빠져 없어지다.

*B사감과 러브 레터

1. 딱장대 부드러운 맛이 없고 딱딱한 사람. 성질이 사납고 굳센 사람.
2. 야소꾼 예수쟁이. 기독교인을 낮잡아 부르는 말.
3. 항용 늘. 항상.
4. 설유 말로써 타이름.
5. 간검 두루 살피어 검사함.
6. 공구 심히 두려움.
7. 비대발괄 딱한 사정을 하소연하며 간절히 청하여 빎.

*까막잡기

1. 백화난만 온갖 꽃이 피어서 아름답게 흐드러짐.
2. 천착(舛錯) 심정이 뒤틀려서 난잡함. 또는 생김새나 행동이 상스럽고 더러움.
3. 불공대천지원수 한 하늘 아래서는 같이 살 수가 없는 원수라는 뜻으로 깊이 사무친 원수를 이른다.
4. 재생지은덕 거의 죽게 된 목숨을 살려준 은혜.
5. 젓대 대금의 다른 말.
6. 조를 비비다 조가 마음대로 비벼지지 않아 초조하다는 뜻으로 마음을 몹시 졸이거나 조급해한다는 뜻.
7. 트레머리 가르마를 타지 아니하고 뒤통수의 한복판에다 틀어 붙인 여자의 머리.
8. 멋질리다 방탕한 마음을 가지게 되다.
9. 겅성드뭇 많은 수효가 듬성듬성 흩어져 있는 모양.
10. 은근짜 몰래 몸을 파는 여자를 속되게 이르는 말.

*사립정신병원장
1. 구락부 '클럽'의 일본식 음역어.
2. 서발막대 거칠 것 없다 서 발이나 되는 매우 긴 막대를 흔들어도 거칠 것 없을 정도로, 가난하여 아무런 세간이 없음을 이르는 말.
3. 출계 양자로 들어가서 그 집에 대를 이음.
4. 빚봉수 남의 빚을 보증해 주는 일.
5. 판들다 가진 재산을 함부로 써서 죄다 없애 버리다.
6. 조반석죽도 궐하다 아침에는 밥을 먹고 저녁에는 죽을 먹는 가난한 식사 마저도 빠뜨리다.
7. 협호 딴살림을 할 수 있도록 본채와 떨어져 있는 집채.
8. 백판 아무것도 없는 형편.
9. 고원 임시 직원.
10. 공인증(恐人症) 대인 공포증.
11. 취술레 '회술레'를 말함. 예전에 목을 벨 죄인을 처형하기 전에 얼굴에 회칠을 한 후 사람들 앞에 내돌리던 일.
12. 악머구리 아주 시끄럽게 소리를 내는 것을 비유적으로 이르는 말.
13. 갱신 몸을 가까스로 움직이는 일.

*불
1. 적이나 하면 웬만하면
2. 깍짓동 콩이나 팥의 마른 깍지를 줄기째 많이 모아 묶은 동. '뚱뚱한 사람의 몸집'을 비유하여 이르는 말.
3. 단열밤 짧은 여름밤.
4. 섬거적 짚으로 엮어서 만든 곡식 따위를 담는 데 쓰이는 거적.
5. 사개 물러나다 짜임새가 어긋나다. 몹시 피곤한 몸을 비유함.
6. 새로 커녕의 의미.

7. 야료 까닭 없이 트집을 부리고 마구 떠들어대는 것.
8. 고밀개 고무래의 방언. 고무래는 곡식을 그러모으고 펴거나 또는 논밭의 흙을 고르거나 아궁이의 재를 긁어내는 데 쓰는 기구.
9. 악지 잘 안될 일을 무리하게 해내려는 고집.

＊고향
1. 피륙 실로 짠 새 베. 아직 끊지 않은 필로 된 천을 통틀어서 하는 말.
2. 감발 발감개. 버선 대신 발에 무명을 감은 차림새.
3. 고부가리 바리캉으로 약 1.5cm 높이로 머리를 깎음. 또는 그 머리.
4. 도코마데 오이데 데스카 어디까지 가십니까.
5. 소데스카 그렇습니까.
6. 네쌍나얼취 어디 가십니까.
7. 니씽섬마 이름이 무엇입니까.
8. 기진야도 노동자 합숙소.
9. 역둔토 역의 경비를 충당하는 역토와 경비를 위해 역에 주둔하는 군대가 자급 자족을 위하여 경작하는 둔전.
10. 사삿집 개인 소유의 집.
11. 남부여대 남자는 등에 지고 여자는 머리에 인다는 뜻으로 가난한 사람이나 재난을 당한 사람들이 살 곳을 찾아 이리저리 떠돌아다니는 것을 이름.
12. 신신하다 새롭고 생기가 돌다.
13. 주접 한때 머물러 삶.
14. 궐녀 그 여자.

＊할머니의 죽음
1. 연만하다 나이가 많다.

2. 수하다 오래 살다.

3. 삽짝 '사립짝'의 준말. 나뭇가지를 엮어서 만든 문짝.

4. 그름 '그을음'의 방언.

5. 상청(喪廳) '궤연'의 속된 말. 죽은 이의 모든 것을 차려 놓는 곳.

6. 해가 상여가 나갈 때 부르는 노래.

7. 곰부임부 곰비임비 물건이 계속 쌓이거나 일이 계속 일어남을 나타내는 말.

8. 다라니 범어로 된 긴 문구를 번역하지 않고 그대로 읽거나 외는 일. 주문을 외
    워 재앙을 물리치는 일.

9. 혼혼히 정신이 흐리고 가물가물하게.

10. 여상히 다른 때와 같이.

11. 의지간 원래 있던 집채에 더 달아서 꾸민 칸.

12. 만수향 여러 향료 가루를 반죽하여 국숫발같이 가늘고 길게 만든 향.

13. 변두머리 편두통을 낮게 이르는 말.

14. 선천부족 태어날 때부터 몸이 허약한 상태를 이르는 말.

15. 잔상히 잔생이. 지긋지긋하게 말을 듣지 아니하는 모양.

16. 초치 불러서 오도록 함.

17. 무한년 햇수에 제한이 없음.

18. 북포(北布) 조선 시대에 함경북도에서 생산하던 올이 가늘고 고운 삼베.

19. 깁 명주실로 바탕을 좀 거칠게 짠 무늬 없는 비단.

묘사의 방법으로 본 현진건의 소설 세계

현진건 소설의 다양성

현진건(玄鎭健, 1900~1943)은 일제 강점기인 1920년대에 주로 활동한 작가입니다. 그의 작품 속에는 그 시대에 살았던 사람들의 아픔이 많이 나옵니다. 특히 그는 가난하고 불우한 사람들의 이야기를 많이 다루었습니다. 그는 부유한 가정의 막내로 태어났지만, 집안의 형제들은 뿔뿔이 흩어져야 했고, 독립운동을 하던 형과 친일의 길을 걷던 형 사이에서 방황할 수밖에 없었습니다. 이 때문에 그는 늘 시대의 아픔을 한 몸에 끌어안은 채 살았던 것입니다. 그의 작품에 가난한 조선의 현실(「고향」), 가난한 서민들의 현실(「빈처」, 「운수 좋은 날」)이 주요 소재로 나타나는 것은 이러한 이유 때문입니다.

현진건의 소설은 다양한 각도로 읽힙니다. 그의 소설에는 상징과 역설, 아이러니와 같은 다양한 기법이 스며 있습니다. 가장 운수가 좋은 날 아내의 죽음을 보아야 하는 아이러니의 상황, 시대가 술을 마시게 만들고 만다는 역설의 상황 등은 현진건 소설이 단순히 사실주의 기법에만 머물러 있지 않다는 증거입니다. 여기서는 현진건의 사실주의 기법 중에서 묘사를 통해 드러내고자 하는 것이 무엇인지를 살펴보려고 합니다. 왜냐하면 그의 묘사 기법은 전체 작품을 읽는 데 중요한 관건이 되기 때문입니다.

묘사를 통한 현실 드러내기

현진건은 1920년대 사실주의 계열을 대표하는 작가입니다. 사실주의는 염상섭을 비롯한 1920년대 작가들이 추구한 소설의 한 경향이었습니다. 그런데 현진건의 경우는 장편소설을 주로 썼던 염상섭과는 달리 단편소설을 통해서 현실을 드러내고 있습니다. 짧은 분량에 현실을 담아내야 하기 때문에 그는 무엇보다 장면을 치밀하게 묘사하고 있습니다. 그가 작품을 발표하던 당시에 쓴 글에서 그가 어떤 작가 의식으로 작품을 쓰고 있었는지를 엿볼 수 있습니다.

"시간과 장소를 떠나서는 아무 것도 존재하지 않는다. 달나라의 소요도 그만둘 일이다. 구름바다의 유희도 그칠 일이다. 조선문학인 다음에야 조선의 땅을 든든히 디디고 서야 할 줄 안다."(현진건, 「조선혼과 현대 정신의 파악」, 『개벽』 63호, 1926.1)

여기서 말하는 '시간과 장소'는 무엇을 뜻하는 것일까요? 그것은 바로 현실을 말하는 것입니다. 그는 문학이야말로 현실을 떠나서 존재하지 않는다고 말하고 있습니다. 그가 추구하는 '조선문학'은 '조선의 땅'을 든든하게 디디고 있어야 한다는 것입니다. 그는 1920 년대 우리의 현실을 치밀하게 그려내는 것이 작가의 정신이라고 생각했습니다.

사실주의 기법은 현실을 있는 그대로 그려내는 것을 말합니다. 그러나 아무리 뛰어난 작가라 하더라도 현실을 모두 그려 낼 수는 없을 것입니다. 작가의 시선에 포착된 만큼의 세계를 그릴 수 있을 뿐입니다. 마치 카메라의 렌즈 안에 잡히는 사물만을 현상할 수 있는 것과 같은 이치입니다. 카메라에 포착된 사물이나 풍경은 현실의 일부를 드러낼 뿐입니다. 그렇지만 카메라 렌즈 안에 포착된 단면을 통해서 전체의 세계를 짐작할 수 있습니다. 이와 마찬가지로 현진건의 사실주의 기법은 특이하게도 '시간과 장소'에 포착된 현실을 치밀하게 묘사함으로써 전체의 상황을 짐작하게 합니다. 따라서 그의 소설을 읽을 때는 무엇보다 이 현실을 어떻게 묘사하고 있는지를 잘 살펴보는 것이 중요합니다.

홀로 바느질을 하고 있던 아내는 얼굴을 살짝 찌푸리고 가늘고 날카로운 소리로 부르짖었다. 바늘 끝이 왼손 엄지손가락 손톱 밑을 찔렀음이다. 그 손가락은 가늘게 떨며 하얀 손톱 밑으로 앵두빛 같은 피가 비친다. 그것을 볼 사이도 없이 아내는 얼른 바늘을 빼고, 다른 손 엄지손가락으로 그 상처를 누르고 있다. 그러면서 하던 일가지를 팔꿈치로 고이고이 밀어 내려놓았다. 이윽고 눌렀던 손을 떼어 보았다. 그 언저리는 인제 다시 피가 아니 나려는 것처럼 혈색이 없다. 하더니, 그 희던 꺼풀 밑에 다시금 꽃물이 차츰차츰 밀려온다. 보일 듯 말 듯한 그 상처로부터 좁쌀낟 같은 핏방울이 송송 솟는다. 또 아니 누를 수 없다. 이만하면 그 구멍이 아물었으려니 하고 손을 떼면 또 얼마 아니 되어 피가 비치어 나온다.(「술 권하는 사회」 중에서)

　이 부분을 읽으면, 바늘에 찔려 고통스러워하는 아내의 모습이 눈에 보일듯이 선명하게 그려집니다. 얼마나 치밀하게 묘사를 했는지 마치 바늘에 찔린 아픔이 몸으로 느껴지는 듯합니다. 이 부분은 소설에서 그다지 중요하지 않은데도 불구하고 작가는 한 장면을 지나칠 정도로 세밀하게 표현하고 있습니다. 그 까닭은 하나의 장면으로 전체 이야기를 보여 주기 위해서입니다. 아내가 바늘에 손톱 밑을 찔리는 고통을 겪는 것처럼 지식인으로서 타락해 가는 주인공도 시대적 아픔을 겪고 있습니다. 일제시대 지식인이 겪었던 아픔은 손톱 밑에 바늘이 찔린 것과 같은 고통이라는 것입니다. 이와 같은 고통을 잊기 위해서라도 이 소설의 주인공은 술을 먹지 않으면 안 되는 현실을 살아가고 있는 것입니다.

여러 겹 주름이 잡힌 훨렁 벗어진 이마라든지 숱이 적어서 법대로 쪽 찌거나 틀어 올리지를 못하고 엉성하게 그냥 빗겨 넘긴 머리, 꼬리가 뒤통수에 염소 똥만 하게 붙은 것이라든지, 벌써 늙어 가는 자취를 감출 길이 없었다. 뾰족한 입을 앙다물고 돋보기 너머로 쌀쌀한 눈이 노릴 때엔 기숙생들이 오싹하고 몸서리를 치리만큼 그는 엄격하고 매서웠다.(「B사감과 러브 레터」중에서)

이 부분은 인물의 외양 묘사가 잘 표현된 부분입니다. 노처녀 히스테리를 갖고 있는 사람의 외양을 이렇듯 잘 묘사한 장면이 있을까요. 여기에 묘사된 B사감의 외양만 살펴보아도 그녀가 어떤 사람이며, 앞으로 어떤 사건이 일어날지 짐작이 가지 않습니까. 뾰족한 입에서 쏟아져 나올 앙칼진 목소리가 들리는 것 같고, 쌀쌀

한 눈에서 느껴지는 근엄한 사감의 모습이 그려지는 것 같습니다. 숱이 적어서 어딘지 히스테리가 있는 것 같은 외양은 오싹하게 느껴질 정도입니다. 이러한 치밀한 외양 묘사는 한 사람의 성격과 심리, 앞으로 전개될 사건까지도 상징적으로 보여 주고 있습니다.

새침하게 흐린 품이 눈이 올 듯하더니 눈은 아니 오고 얼다가 만 비가 추적추적 내리는 날이었다.(「운수 좋은 날」 중에서)

이 부분은 소설의 첫 장면입니다. 여기에서 우리는 '새침하게 흐린 품'이라는 말에 초점을 두고 읽어야 합니다. 새침한 날씨 탓에 무엇인지 제대로 일이 풀리지 않을 것 같은 예감이 드는 장면입니다. 날씨는 하루의 기운을 드러내는 징후가 있습니다. 소설의 첫 장면에 이런 날씨를 제시함으로써 불행한 일이 일어날 것 같은 조짐을 보입니다. 흐린 날씨 탓에 유달리 운이 좋았고, 한편으로는 앓고 있는 아내 때문에 불안한 하루를 보내고 집에 돌아왔지만, 아내는 죽어 있었습니다. 새침한 날씨는 결국 이 작품 전체의 운명을 결정하는 중요한 장면 묘사라 할 수 있습니다.

어느 아름다운 봄날이었다. 말갛게 개인 하늘은 구름 한 점도 없고 아른아른한 아지랑이가 그 하늘거리는 깁 올로 봄 비단을 짜 내는 어느 아름다운 봄날이었다.(「할머니의 죽음」 중에서)

이 부분은 이 소설의 마지막 장면입니다. 여기에서는 '아름다운 봄날'에 초점을 두고 읽어야 합니다. 너무도 아름다운 봄이라 무언 가 불안한 예감이 드는 장면입니다. 오늘 내일을 기약하던 할머니 가 결국 죽음을 맞이하는 날입니다. 이런 장면들은 영화의 한 장 면처럼 보입니다. 맑게 개인 하늘을 바라보고 아지랑이가 비단결처 럼 하늘거리는 날, 할머니의 죽음을 만나게 됩니다. 이와 같이 그 의 소설은 하나의 장면 묘사를 통해서 전체를 알 수 있게 하는 치 밀한 설정이 돋보입니다.

묘사의 아름다움

현진건의 소설은 묘사의 아름다움을 잘 살리고 있습니다. 그것 은 단순히 장면, 외양, 사물, 심리를 묘사하는 데 그치는 것이 아 니라, 묘사를 통해서 그가 바라본 현실을 그리고 있습니다. 따라 서 소설에 묘사되고 있는 하나의 장면은 그 소설의 전체를 통해서 긴밀하게 상호 관련을 갖게 됩니다. 현진건 소설을 만나는 첫 번째 관문은 바로 이 묘사의 아름다움입니다. 모든 장면을 다 보여 주지 않으면서도 모든 장면을 상상하게 하는 힘, 하나의 장면에 포착된 사물이나 풍경을 통해서 전체를 엿보게 하는 힘이 그의 소설에서 발견할 수 있는 묘사의 미덕일 것입니다. 현진건 소설의 첫 번째 관문을 잘 통과하고 나면 그가 살았던 시대의 아픔과 공감할 수 있을 것입니다. 마흔 네 살의 나이로 이르게 삶을 마감했지만, 그가 겪었던 시대의 아픔은 흑백사진처럼 선명하게 우리들의 가슴에 남을 것입니다.

－황선열 (문학평론가)

《현진건 연보》

1900년 8월 9일 경상북도 대구에서 현경운의 넷째 아들로 태어남.

1906년 마을에서 한학을 배움.

1908년 대구노동학교에 들어가 신학문을 배움.

1910년 어머니 이정효 사망.

1915년 이순득과 혼인. 보성고등보통학교에 입학.

1916년 자퇴하고 일본으로 건너가 도쿄 세이소쿠영어학교에 입학.

1917년 귀국하여 백기만·이상화 등과 동인지 『거화』를 발간.
다시 일본으로 건너가 도쿄 세이조중학교에 3학년으로 편입.

1918년 잠시 귀국하였다가 셋째 형 정건이 있는 중국 상하이로 건너가
후장대학 독일어 전문부에 입학.

1919년 귀국하여 당시 육군 공병 영관을 지낸 당숙 현보운의 양자로
들어갔으나 양부가 그해 사망하면서 호주가 됨.
첫딸 경숙이 태어났으나 곧 사망.

1920년 문예지 『개벽』에 첫 단편 「희생화」를 발표.

1921년 둘째 딸 애경 태어났으나 곧 사망. 조선일보사에 입사하면서
언론계에 첫발을 내디딤. 단편 「빈처」, 「술 권하는 사회」 발표. 박종
화·이상화·박영희 등과 함께 동인지 『백조』의 동인으로 활동함.

1922년 중편 「타락자」, 단편 「유린」, 「피아노」 발표. 작품집 『타락자』 출
간. 조선일보사를 그만두고 동명사에 입사.

1923년 중편 「지새는 안개」, 단편 「할머니의 죽음」 발표.

1924년 단편 「까막잡기」, 「그리운 흘긴 눈」, 「운수 좋은 날」, 「발」 발표.
동명사의 후신인 〈시대일보〉가 폐간되자 동아일보사에 입사.

1925년 셋째 딸 화수 태어남. 단편 「불」, 「B사감과 러브 레터」, 「새빨간

웃음」, 수필 「목도리의 복면」, 「설 때의 유쾌와 낳을 때의 고통」 등 발표. 작품집 『지새는 안개』 출간.

1926년 『개벽』에 민족주의 성향을 강하게 드러내는 평론 「조선혼과 현대정신의 파악」 발표. 식민지 조선 민중의 궁핍과 고난을 사실적으로 보여 주는 단편 11편을 모아 수록한 『조선의 얼굴』 출간.

1928년 동아일보사 사회부장이 됨. 상하이에서 사회주의 독립운동을 하던 셋째 형 정건이 체포되어 본국으로 이송돼 복역함. 1932년 정건이 출소했으나 옥살이의 후유증으로 사망하여 큰 충격을 받음.

1933년 〈동아일보〉에 장편 「적도」 연재.

1936년 베를린 올림픽 손기정 선수 사진의 일장기 말살 보도 사건으로 1년간 복역.

1937년 동아일보사를 사직하고 서대문구에서 땅을 빌려 양계사업을 시작.

1939년 동아일보사 학예부장으로 복직함. 〈동아일보〉에 장편 「무영탑」을 연재.

1940년 〈동아일보〉에 연재하던 역사소설 「흑치상지」가 총독부의 검열과 탄압으로 58회 만에 강제 중단되면서 『조선의 얼굴』도 금서로 지정됨. 투자 실패로 파산하면서 재산을 처분하고 조그만 초가집으로 이사함. 이 실패로 술에 빠져 혈압으로 몸져눕게 됨.

1941년 장편 「선화공주」를 연재했으나 미완으로 그침. 작품집 『현진건 단편선』 출간.

1943년 4월 25일 폐결핵과 장결핵으로 세상을 떠남.

현진건

1900년 경상북도 대구에서 중인 집안의 넷째 아들로 태어났다. 유년기에는 한학을 배우다 대구노동학교에 들어가 신학문을 익혔다. 그 후 일본과 중국에서 독일어를 공부했다. 1920년 문예지 『개벽』에 단편 「희생화」를 발표하면서 작품 활동을 시작했으며, 「빈처」, 「술 권하는 사회」로 문단의 주목을 받았다. 박영희 · 박종화 · 이상화 등과 함께 『백조』의 동인으로 활동했고, 등단 이후 조선일보 · 시대일보 · 동아일보를 두루 거치며 기자 생활을 했다. 동아일보 사회부장으로 있을 때 손기정 선수 사진의 '일장기 말소 사건'에 연루되어 1년간 복역했다. 복역 후 「무영탑」, 「선화공주」 등의 역사소설을 쓰다가 1943년 폐결핵과 장결핵으로 마흔네 살의 나이에 세상을 떠났다.

클래식 보물창고에는
오랜 세월의 침식을 견뎌 낸
위대한 세계 문학 고전들이 총망라되어 있습니다.
세대와 시대를 초월하여 평생을 동반할 '내 인생의 책'을
〈클래식 보물창고〉에서 만나 보세요.

1. 이상한 나라의 앨리스 루이스 캐럴 지음 | 황윤영 옮김

특유의 유쾌한 상상력과 말놀이, 시적인 묘사와 개성적인 캐릭터, 재치 넘치는 패러디와 날카로운 사회 풍자로 아동·청소년문학사와 영문학사에 큰 획을 그은 루이스 캐럴의 환상동화.
★BBC 선정 영국인 애독서 100선 ★학교도서관사서협의회 추천도서

2. 키다리 아저씨 진 웹스터 지음 | 원지인 옮김

서간문이라는 독특한 형식과 소녀적 감성이 결합된 성장기이자 로맨스 소설! 20세기 초 사회의 모순을 고발하고 개혁을 주장했던 진보적인 사상은 페미니즘 문학으로서의 의미를 더한다.
★학교도서관사서협의회 추천도서

3. 보물섬 로버트 루이스 스티븐슨 지음 | 민예령 옮김

인간이 가진 절대적인 선과 악을 그린 세계 최초의 해양 모험 소설. 영국 빅토리아 시대의 꿈과 낭만을 대변하는 동시에 선악의 경계를 아슬아슬하게 줄타기하는 인간의 욕망을 고찰한다.
★BBC 선정 영국인 애독서 100선 ★미국대학위원회 SAT 권장도서

4. 노인과 바다 어니스트 헤밍웨이 지음 | 민예령 옮김

미국 현대문학의 중추로 일컬어지는 걸작. 생애의 모든 역경을 불굴의 투지로 부딪쳐 이겨 내는 인간의 모습을 하드보일드한 서사 기법과 절제미가 돋보이는 문체로 형상화했다.
★노벨 문학상 수상작가 ★퓰리처상 수상작 ★대학수학능력시험 출제 작품

5. 하늘과 바람과 별과 시 윤동주 지음 | 신형건 엮음

우리나라 사람들이 가장 많이 애송하는 '민족 시인' 윤동주의 문학 세계를 엿볼 수 있는 시와 산문을 한데 모았다. 시대의 아픔을 성찰하는 인간 윤동주의 맨얼굴을 만날 수 있다.
★연세대 필독도서 200선

6. 봄봄 동백꽃 김유정 지음

어려운 현실을 풍자와 해학으로 극복한 한국 근대 소설의 정수. 김유정의 대표작을 모았다. 원전을 충실하게 살려 아름다운 우리말을 풍요롭게 담고, 토속적 어휘는 풀이말을 달아 이해를 도왔다.

7. 거울 나라의 앨리스 루이스 캐럴 지음 | 황윤영 옮김

『이상한 나라의 앨리스』보다 한층 탄탄해진 구성과 논리적인 비유를 통해 깊고 넓어진 재미와 감동을 선사하는 후속작. 정상과 비정상, 논리와 비논리, 의미와 무의미의 경계를 고찰한다.
★BBC 선정 영국인 애독서 100선 ★명사 101명이 추천한 파워클래식 ★학교도서관사서협의회 추천도서

8. 변신 프란츠 카프카 지음 | 이옥용 옮김

현대인의 고독과 불안을 그림으로써 실존주의 문학의 발전에 커다란 영향을 끼치며 20세기 문학계에서 가장 난해한 '문제 작가'로 꼽히는 프란츠 카프카의 대표작을 모았다.
★서울대 권장도서 100선 ★연세대 필독도서 200선 ★미국대학위원회 SAT 권장도서

9. 오즈의 마법사 L. 프랭크 바움 지음 | 최지현 옮김

지금도 영화, 뮤지컬, 온라인 게임 등 다양한 장르로 재생산되는 세기의 고전. 짜릿한 모험담 속에 담긴 치유의 기운이 마법 같은 순간을 선물한다.
★학교도서관사서협의회 추천도서

10. 위대한 개츠비 F. 스콧 피츠제럴드 지음 | 민예령 옮김

미국에서만 한 해 30만 부 이상 팔리는 스테디셀러로, 재즈 시대를 살았던 젊은이들의 욕망과 물질문명의 싸늘한 이면을 담아 낸 명실공히 미국 현대 문학의 최고작.

★〈타임〉지 선정 100대 영문 소설 ★미국대학위원회 SAT 권장도서
★〈뉴스위크〉지 선정 100대 명저 ★BBC 선정 꼭 읽어야 할 책

11. 오 헨리 단편선 오 헨리 지음 | 전하림 옮김

평범한 소시민의 일상과 삶의 애환을 따뜻한 시선으로 그린 오 헨리 문학의 정수로 손꼽히는 작품을 모았다. 인도주의적 가치관 위에 부조된 작가적 개성의 특출함을 만끽할 수 있다.

12. 셜록 홈즈 걸작선 아서 코난 도일 지음 | 민예령 옮김

세기의 캐릭터와 함께 펼치는 짜릿한 두뇌 게임. 치밀한 구성과 개연성 있는 전개, 호기심을 자극하는 독특한 설정이 포진되어 있음은 물론, 추리의 과정부터 카타르시스가 느껴지는 결말이 펼쳐져 있는 매력적인 소설.

13. 소공자 프랜시스 호즈슨 버넷 지음 | 원지인 옮김

사랑의 입자를 뭉쳐 만들어 놓은 것 같은 캐릭터를 통해 사랑의 선순환을 형상화한 소설. 순수한 직관과 무한한 잠재력을 지닌 동심의 세계를 느낄 수 있다.

14. 왕자와 거지 마크 트웨인 지음 | 황윤영 옮김

대중성과 작품성을 겸비해 '미국 현대 문학의 아버지'로 평가받는 마크 트웨인의 대표작으로 '뒤바뀐 신분'이라는 숱한 드라마의 원조 격인 소설. 부조리하고 불합리한 사회상에 대한 날카로운 비판과 통쾌한 풍자 속에 역사적 지식과 상상력을 담아 냈다.

15. 데미안 헤르만 헤세 지음 | 이옥용 옮김

자신의 내면세계를 향해 고집스럽게 걸음을 옮긴 주인공 싱클레어의 성장을 그린 영원한 청춘의 성서. 철학, 종교, 인간을 끊임없이 탐구했던 작가의 깊이 있는 시선과 인간 내면의 양면성에 대한 치밀한 묘사가 시선을 사로잡는다.

★노벨 문학상 수상작가

16. 말괄량이와 철학자들 F. 스콧 피츠제럴드 지음 | 김율희 옮김

재즈 시대의 자유분방한 젊은이들의 풍속도를 그린 F. 스콧 피츠제럴드의 소설집. 1920년대 고동치는 젊은이의 맥박을 생생하게 전달했다는 평가를 받는 작품들을 모았다.

17. 벤자민 버튼의 시간은 거꾸로 간다 F. 스콧 피츠제럴드 지음 | 김율희 옮김

70세의 노인으로 태어나 결국 태아 상태가 되어 삶을 마감하는 벤자민 버튼의 일생을 그린 환상소설을 비롯해 『위대한 개츠비』의 전신이라고 할 수 있는 F. 스콧 피츠제럴드의 작품들을 모았다. 실험적이고 혁신적인 화법으로 생생하게 형상화한 재즈 시대를 만끽할 수 있다.

18. 이방인 알베르 카뮈 지음 | 이효숙 옮김

출간과 동시에 하나의 사회적 사건으로까지 이야기된 알베르 카뮈의 대표작. 부조리하고 기계적인 시스템 속에서 인간이 부딪치게 되는 절망적 상황을 짧고 거친 문장 속에 상징적으로 담아 냈, 작품 자체가 '이방인'인 소설.

★노벨 문학상 수상작가 ★노벨연구소 선정 세계문학 100선 ★미국대학위원회 SAT 권장도서

19. 크리스마스 캐럴 찰스 디킨스 지음 | 김율희 옮김

영국의 대문호 찰스 디킨스의 작가 정신과 개성이 고스란히 담긴 대표작. 19세기 영국 사회의 구조적 모순과 인간성 회복을 그린 영원한 고전이자 크리스마스의 상징이 되어 버린 소설.
★BBC 선정 영국인 애독서 100선 ★학교도서관사서협의회 추천도서

20. 이솝 우화 이솝 지음 | 민예령 옮김

2500년 동안 이어져 온 삶의 지혜와 철학을 담은 인생 지침서이자 최고(最古)의 고전! 오랜 세월 인류가 축적해 온 지식과 철학이 함축되어 있는 고전으로 남녀노소 누구나 읽을 수 있다.

21. 수레바퀴 아래서 헤르만 헤세 지음 | 함미라 옮김

헤르만 헤세의 자전적 경험이 녹아든 성장소설. 총명한 한 소년이 개인의 자유와 개성을 억압하는 권위적인 기성 사회의 벽에 부딪혀 비극으로 치닫는 이야기를 섬세하게 그리고 있다.
★노벨 문학상 수상작가 ★서울대 선정 고전 200선 ★국립중앙도서관 청소년 권장도서

22. 너새니얼 호손 단편선 너새니얼 호손 지음 | 한지윤 옮김

『주홍 글자』로 유명한 호손은 에드거 앨런 포, 허먼 멜빌과 더불어 미국 낭만주의 문학의 3대 거장으로 꼽힌다. 이 책은 45년간 우리나라 교과서에 실리기도 했던 「큰 바위 얼굴」을 비롯해 호손 문학의 대표 단편소설 11편을 실었다.

23. 에드거 앨런 포 단편선 에드거 앨런 포 지음 | 황윤영 옮김

단편문학의 시조이며 추리 소설의 창시자로 불리는 에드거 앨런 포의 단편집으로, 기괴하고 환상적인 소재를 통해 인간 내면의 광기와 복잡한 심리를 치밀하게 형상화했다.
★미국대학위원회 SAT 권장도서 ★노벨연구소 선정 세계문학 100선

24. 필경사 바틀비 허먼 멜빌 지음 | 한지윤 옮김

장편소설 『모비 딕』의 작가 허먼 멜빌은 에드거 앨런 포, 너새니얼 호손과 함께 미국 낭만주의 문학의 3대 거장으로 꼽힌다. 정체불명의 필경사 바틀비의 '선호하지 않는' 태도와 철학은 갑갑한 현실 속에서 우리에게 깊은 공감과 위로를 이끌어 낸다.
★미국대학위원회 SAT 권장도서

25. 1984 조지 오웰 지음 | 전하림 옮김

『멋진 신세계』, 『우리들』과 더불어 세계 3대 디스토피아 소설로 불리는 걸작. 가공의 국가 오세아니아의 전체주의 지배하에서 존엄을 지키고자 했던 한 인물이 파멸되어 가는 과정을 그렸다.
★〈뉴스위크〉지 선정 세계 100대 명저 ★〈타임〉지 선정 '20세기 최고의 책 100선'

26. 걸리버 여행기 조너선 스위프트 지음 | 김율희 옮김

풍자 문학의 거장 조너선 스위프트의 『걸리버 여행기』는 18세기 영국의 정치와 사회뿐만 아니라 인간의 본성을 신랄하게 풍자하고 있다.
★서울대 선정 고전 200선 ★미국대학위원회 SAT 권장도서

27. 헤르만 헤세 환상동화집 헤르만 헤세 지음 | 이옥용 옮김

헤세의 대표적인 동화 16편이 실린 작품집으로, 자기 발견과 자아실현을 위한 갈등과 모색을 독창적이면서도 환상적으로 표현했다.
★노벨 문학상 수상작가

28. 별·마지막 수업 알퐁스 도데 지음 | 이효숙 옮김

특유의 시적 서정성으로 19세기 말 프랑스의 정취를 그려 낸 작가 알퐁스 도데의 단편소설을 모았다. 그의 대표작 『별』, 『마지막 수업』 등을 비롯하여 주옥같은 작품 15편이 들어 있다.

29. 피터 팬 제임스 매튜 배리 지음 | 원지인 옮김

연극, 뮤지컬, 영화 등으로 재탄생되며 100년이 넘는 세월 동안 전 세계 사람들의 사랑을 받아온 '영원히 늙지 않는' 고전! 어른이 되지 않는 '피터 팬'은 동심의 상징이 되었다.

30. 제인 에어 샬럿 브론테 지음 | 한지윤 옮김

『폭풍의 언덕』과 함께 '브론테 자매'의 걸작으로 손꼽히는 샬럿 브론테의 대표작. 어린 나이에 홀로 역경을 이겨 내고 사랑을 쟁취하는 여성, 제인 에어의 삶을 자서전 형식으로 그려 냈다.

★미국대학위원회 SAT 권장도서 ★BBC 선정 영국인 애독서 100선 ★연세대 필독도서 200선

31. 폭풍의 언덕 에밀리 브론테 지음 | 황윤영 옮김

에밀리 브론테가 남긴 유일한 소설로, 주인공의 광기 어린 사랑과 복수를 통해 인간 내면의 본질을 그려 내어 오늘날 영문학 3대 비극으로 꼽히며 세계 문학사의 걸작으로 남은 작품이다.

★미국대학위원회 SAT 권장도서 ★〈옵저버〉지 선정 '가장 위대한 소설 100'

32. 젊은 베르테르의 슬픔 요한 볼프강 폰 괴테 지음 | 함미라 옮김

세계적인 문호 요한 볼프강 폰 괴테가 젊은 시절의 체험을 바탕으로 써 내려간 자전적 소설. 찬란하지만 위태로운 젊음의 이면성을 격정적인 한 젊은이를 통해 그려 냈다.

★피터 박스올 《죽기 전에 읽어야 할 1001권의 책》 선정도서

33. 바스커빌가의 개 아서 코난 도일 지음 | 한지윤 옮김

〈셜록 홈즈〉 시리즈 사상 최악의 적수와 벌이는 사투가 팽팽한 긴장감을 자아내며 책을 덮는 순간까지 숨 쉬는 것도 잊게 만들 정도로 독자들을 사로잡는다. 독자들과 평론가 양쪽 모두에게 그 어떤 작품보다도 뛰어나다는 평가를 받아 온 아서 코난 도일의 대표작.

34. 헤르만 헤세 시집 헤르만 헤세 지음 | 이옥용 옮김

소설 『수레바퀴 아래서』와 『데미안』, 『유리알 유희』 등으로 꾸준한 사랑받고 있는 독일 문학의 거장 헤르만 헤세의 대표 시 105편을 묶었다.

★노벨 문학상 수상 작가

35. 인간 실격 다자이 오사무 지음 | 김아영 옮김

일본을 대표하는 작가 다자이 오사무의 대표작으로, 인간에 대한 불신과 그로 인한 소외감과 죄악감으로 몸부림치다 세상에서 연약하게 무너질 수밖에 없었던 한 사람의 고백서이다.

★〈뉴욕 타임스〉지 선정 일본문학

36. 월든 헨리 데이비드 소로 지음 | 김율희 옮김

인간과 자연에는 신성이 내재되어 있다고 보고 정신적 삶을 지향했던 미국 초월주의 사상가 소로의 정수가 담긴 『월든』은 지나친 물질주의 속에서 거칠고 가난해진 정신을 지닌 현대인들에게 삶을 자유롭고 충만하게 사는 방법을 깨우쳐 준다.

★미국대학위원회 SAT 권장도서

37. 싯다르타 헤르만 헤세 지음 | 이옥용 옮김

불교의 교리를 창시한 석가모니와 같은 시대를 살았던 브라만 계층의 청년 싯다르타의 자아실현 과정을 담은 성장소설이다. 제1차 세계 대전 이후 전쟁의 상처를 어루만진 헤르만 헤세만의 동양 사상은 오늘날까지 주체적이고 실존적인 길을 제시한다.
★노벨 문학상 수상 작가

38. 호두까기 인형 E.T.A 호프만 지음 | 함미라 옮김

카프카와 함께 '환상적 사실주의'의 대표적인 작가이자 독일 낭만주의 사조에서 중요한 위치를 차지하는 호프만의 동화소설로, 꿈과 환상의 세계를 평범한 일상과 뒤섞어 놓은 독특한 서술 기법은 마술적인 시공간으로 독자들을 인도한다.

39. 정글 북 러디어드 키플링 지음 | 원지인 옮김

영어권 문학의 최초이자 최연소 노벨 문학상 수상 작가 러디어드 키플링의 대표작으로, 인간 사회보다 더 인간미 넘치는 정글의 세계를 흥미진진하게 그려 낸다.
★노벨 문학상 수상 작가

40. 마음 나쓰메 소세키 지음 | 장현주 옮김

일본의 국민 작가 소세키가 말년에 쓴 대표작으로, 100년 전에 쓰였음에도 불구하고 인간 본성에 대한 통렬한 고찰을 통해 시대를 초월한 독창성을 보여 준다.
★서울대 권장도서 100선

41. 타임머신 허버트 조지 웰스 지음 | 황윤영 옮김

'SF의 창시자' 허버트 조지 웰스의 대표 작품이자 '타임머신'의 개념을 최초로 도입한 SF이다. 80만 년 뒤 인류의 모습을 그리며 미래에 대해 본능적으로 호기심과 두려움을 가지는 인간의 근원적인 욕망을 충족시킨다.
★피터 박스올 〈죽기 전에 읽어야 할 1001권의 책〉 선정도서

42. 운수 좋은 날 빈처 현진건 지음

근대 단편소설의 선구자이자 사실주의 문학을 대표하는 작가인 현진건의 단편소설 10편을 모았다. 일제 강점기라는 시대 상황 속에서 고뇌하는 지식인과 고통받는 민중들의 삶을 그린 작품들은 사실주의 묘사의 정점을 보여 준다.
★중학교, 고등학교 〈국어〉 교과서 수록

43. 어린 왕자 앙투안 드 생텍쥐페리 지음 | 이효숙 옮김

전 세계에서 가장 많은 언어로 번역되었고 1억 5천만 부 이상 판매되며 최고의 고전으로 자리매김한 걸작. 순수함을 잃어버린 채 권력과 물질을 숭배하며 살아가는 현 세태에 경종을 울린다.
★미국교사협회 추천도서 ★초등학교, 중학교 〈국어〉 교과서 수록

*'클래식 보물창고'는 끝없이 이어집니다.